U0513728

吕思勉
国文课

吕思勉·著   程怡·导读、注释

上海古籍出版社

图书在版编目(CIP)数据

吕思勉国文课 / 吕思勉著;程怡导读、注释. —
上海：上海古籍出版社，2022.8
ISBN 978-7-5732-0292-5

Ⅰ.①吕… Ⅱ.①吕… ②程… Ⅲ.①中国文学—作
品综合集 Ⅳ.①I211

中国版本图书馆 CIP 数据核字(2022)第 094637 号

吕思勉国文课

吕思勉　著

程　怡　导读、注释
上海古籍出版社出版发行
(上海市闵行区号景路 159 弄 1-5 号 A 座 5F　邮政编码 201101)
(1) 网址：www.guji.com.cn
(2) E-mail：guji1@guji.com.cn
(3) 易文网网址：www.ewen.co
上海颛辉印刷厂有限公司印刷
开本 890×1240　1/32　印张 8.875　插页 4　字数 207,000
2022 年 8 月第 1 版　2022 年 8 月第 1 次印刷
ISBN 978-7-5732-0292-5
K·3159　定价：42.00 元
如有质量问题,请与承印公司联系

吕思勉

（摄于 1952 年）

第一 入學

國旗校旗交叉懸於門。諸生魚貫入集於禮堂聆師長訓詞。此學校之始業式也。

教育無止境人受教育亦無止境。視其受教育之程度。何若即可知其人之造就何若諸生於國民教育既完全領受今乃進求較高之教育實爲人生之幸福蓋今日文明世界非學問無以自立也諸生勉乎哉

第二 喩學

木謂鐵曰「君生土中我家地上風馬牛不相及也君乃

书影

序论*

李永圻

　　说起历史学家吕思勉先生，大家都知道他撰述过《白话本国史》和先秦至隋唐的四部断代史，还有厚厚三大册的《读史札记》等。其实，吕先生还编撰过好多种中小学的教科书，除了历史一科之外，他撰写的教科书有国文、地理、修身等好几个科目。据我们的统计，吕先生编撰出版的中小学教科书，有十六种：

　　(1)《新编中华民国　国文教科书》，十二册，上海民国南洋图书沪局1913年版；

　　(2)《新编共和　修身教授书》，十二册，上海民国南洋图书沪局1913年版；

　　(3)《高等小学　新修身教授书》，九册，上海中国图书公司和记1914年版；

　　(4)《高等小学用　新式最新国文教科书》，六册，中华书局1916年版；

　　(5)《高等小学校用　新式国文教科书》，六册，中华书局

　　* 编者按：本书原附有若干不甚清晰的图片，为保留其民国课本原貌，本次整理出版均予保留。

1916—1917 年版；

(6)《高等小学校用　新式地理教科书》，六册，中华书局 1916 年版；

(7)《高等小学校用　新式地理教授书》，六册，中华书局 1916—1917 年版；

(8)《高等小学校用　新式历史教授书》，六册，中华书局 1916—1917 年版；

(9)《新法　国语教科书》，六册，商务印书馆 1920 年版；

(10)《高等小学校用　新法历史参考书》，六册，商务印书馆 1920—1922 年版；

(11)《新学制高级中学教科书　本国史》，商务印书馆 1924 年版；

(12)《复兴高级中学教科书　本国史》，二册，商务印书馆 1934 年版；

(13)《高中复习丛书　本国史》，商务印书馆 1935 年版；

(14)《初中标准教本　本国史》，四册，上海中学生书局 1935 年版；

(15)《更新初级中学教科书　本国史》，四册，商务印书馆 1937 年版；

(16)《初级中学适用　本国史补充读本》，上海中学生书店 1946 年版。

还有当年学校的油印讲义，以及几种由当年学生记录成册的讲义，现在经过整理，出版成书的也有七种：

(1)《中国文化史六讲》，1929、1930 年任教于江苏省立常州中学油印讲义；

(2)《〈古文观止〉评讲录》，1942 年任教常州青云中学高二国文课讲义；

(3)《本国史(元至民国)》,1942 年任教常州青云中学高二本国史讲义；

(4)《中国文化史》,1942 年任教常州青云中学高二课程讲义；

(5)《国学概论》,1942 年任教常州青云中学高二课程讲义；

(6)《中国近百年史概论》,1942、1943 年任教常州辅华中学(今常州市第三中学)的油印讲稿；

(7)《本国史复习大略》,1944、1945 年在常州郊外湟里(今常州埠头)博文中学"中国史讲座"油印讲义。

两者合计,总共有二十三种,其中历史类的有十四种,地理类的二种,修身类的二种,国文类的五种。这些教科书,大多是吕先生独撰的,有几种是吕先生与人合撰的;一位著名的历史学家编撰过这么多的中小学教科书和教学参考书,这在民国年间,乃至今日的学术界也是很少见的。

吕先生一生从事文史的教育工作,与一般教学工作者不同的是,他的教师生涯是从小学(常州私立溪山两级小学堂)开始,进而中学,后来才进入到大学任教。他教过的课目,自以历史为最多,除历史之外,还教授过国文、地理等。1907 年,二十四岁的吕思勉先生在常州府中学堂任教,这一年的冬季,钱穆先生也进入常州府中读书,吕先生的地理课令他终生难忘,他后来写道:"诚之师不修边幅,上堂后,尽在讲台上来往行走,口中娓娓不断,但绝无一言半句闲言旁语羼入,而时有鸿议创论,同学争相推敬。其上地理课,必带一上海商务印书馆印中国大地图。先将各页拆开,讲一省,择取一图。先在附带一小黑板上画一十字形,然后绘此一省之四至界线,说明此一省之位置。再在界内绘山脉,次及河流湖泽。说明山水自然地理后,再加注都市城镇关卡及交通道路等。一省讲完,小黑板上所绘地图,五色粉笔缤纷皆是。听者如身历其境,永不忘怀。"(钱穆:《八十忆双亲　师友杂忆》,生活·读书·新知三联书店1998年版,第60页)可见,虽是中学里的地理课,吕先生的讲课、备课也是极其用心的。他不仅教课、备课用心,还对教学中遇到的一些问题,做深入的探讨,写成文章,供教学界的同人参考和研讨。他最早写成的学术性文章,就是讨论小学国文课的教学和学习的,如《小学教授国语宜用俗语说》《初等小学国语科宜用通俗文议》《全国初等小学均宜用通俗文以统一国语议》和《修习国文之简易法》等(除《初等小学国语科宜用通俗文议》仅存篇目外,现均收入上海古籍出版社《吕思勉全集》第十一册,2015年版)。早年,他还在南通国文专修馆教授过公文写作课,在上海私立甲种商业学校教授过应用文字课,又参考日文教科书,教授商业经济、商业地理等课。十多年的中小学教学实践,为他的教科书编撰工作,积累了丰富的教学经验和学术资料。1914至1918年,吕先生经人介绍,进上海中华书局任编辑,主要从事教科书、教授书和教学参考书的编撰。1919年,又一度进上海商务印书馆任编辑。大体说来,20世纪二十年代前,吕先生编辑的都是小学的教科书和教学参考书,科目涉及历史、国文、地理、修身;20世纪二十年代后,编撰的多是初高中的教科书,大多是历史教科书。这些教科书或教学参考书,不仅是研究民国中小学教育、民国教科书的重要资料,也是我们今天学习历史、国文等科目仍有价值的参考书。

《国文课》即《高等小学校用　新式国文教科书》,由吕先生编辑,崔景元、刘械、范源廉、沈颐、吴景廉、鞠承颖阅订,1916至1917年由上海中华书局印行出版,后又多次再版。民国初年,政府颁行新学制,初等教育分初等小学和高等小学两级,初等小学学制为四年,高等小学的学制为三年。《新式国文教科书》是高等小学三年制的国文教科书,分六册,每学年使用二册。教科书采用当时通行的浅显的文言文撰写,课文短小而精湛,内容涉及古今中外的伦理道德、历史地理、科学实业及日用常识等。据书前《编辑大意》所记,与此教科书配套的还有一套教师用的《教授书》,编有(课文)要旨、课时、(课前)准备、预习、教授、练习、备考等栏目,每册还"编列教授案",可惜这套《国文教授书》我们至今还未找到。另外,吕先生参与编撰的《新法　国语教科书》,也只见之于书目。

此次选编的这本教科书,是以上海古籍出版社《吕思勉全集》第二十三册《高等小学校用　新式国文教科书》为基础,再以初版本校订,除了订正原书的一些讹误之外,其他都未作改动,以保存著作的原貌;以便于读者的阅读学习,请程怡女士加了一些注释,并请她撰写一篇导读。程女士是历史学家程应镠先生的女公子,曾任教于华东师范大学中文系,开设汉魏六朝文学、中国历代文学作品选等课,对国文教学深有研究。她撰写的导读,亦叙亦论,现身说法,对进一步理解吕先生的《国文》教材大有帮助;其中夹叙着她童年时在父亲指导下学习国文的回忆,读来让人动容。

2016 年 10 月

导读

程怡

2022 年，距离吕思勉先生编写《高等小学校用 新式国文教科书》已一百零七年了。

从 1916 年 2 月至 1924 年 5 月，这套国文教科书各册的重版次数最少的也有四十九版，而第一册居然有七十版之多，足见其影响力之大，使用面之广了。

这套教科书共六册，每一学年两册。从课文的选编、组织上，我们可以看到编者对国文教育的深刻理解。六册国文教材共一百六十六课，吕先生自己编写的课文，竟然有一百二十三篇之多。他为什么要亲自编写，并且用简净、流畅的文言文来写呢？这当然与他对"国文"的定义有关。首先，国文是所谓"在纸上说话"的书面语，这种书面语可分为古文、普通文与通俗文三类。古文指的是"先秦两汉之书、唐宋八家之文"；普通文"介于古与今之间"，是"承古代之语言而渐变者"，"如近今通行之公牍书札及报章纪事之文"；通俗文指的是"向来通行之白话小说及近人所刊之白话书报"等等。其中最早的古文书籍，有三千年以上的历史；要理解它们，不是三五年有限的国文教育所能完成的任务。吕先生认为，中国人的书面语习惯于用古文做标准，因此要了解古人的精神、古代的思想和古训，不通文言则绝无可能。当时白话文运动的倡导者们其实也都是通文言的人，他们所主张的"名词成语采用文言，句法篇法全用语体"实在是很难实行的。因为上述习惯，数千年来已经使得我们的文言书面语与白话口语之间有了很大的距离，即使是智识之人，也难免"借文言以济口语之穷"。这就好像我们今天看到的街头采访，上海人只要一谈到国家大事，就不免上海话与普通话混搭一样。正因为古文难通，又不能全然不通，所以吕先生主张初小的儿童"均宜改用通俗文"做教材，同时统一用"国语"来教，而高小以上程度的国文课则应该肄习"普通文"，上古文的学习，就有待于高等学堂及大学堂了。

吕先生的旧学功底无与伦比，却并不赞成旧时私塾的国文教育，因为那种教育"不切实用"，"其所授，不必求合与天然，而但须取材于纸上"，"其教授，不必求学生之有得，而但恃教师之讲演"；且私塾教育"舍弃各种科学，以日夕从事于呫哔"，"发蒙之初，所以日受四书五经，了无益于知识道德，而转以窒酷其性灵也"。先生说他十一岁的时候甲午中日战争爆发，但"有些人根本不知道日本在哪里，只约略知道在东方罢了"。后来知道德国很强大，便找到家里所藏的中国人写的地理书数种，"还找不出德意志的名字，于是有人凭空揣测，说德意志一定就是荷兰"，因为他们知道荷兰一度很强大。私塾教育的不健全闹出的笑话，我小时候也听父亲说过：有人拿到了一个作文题"项羽与拿破仑"，一上来便破题曰："项王力能举鼎，况拿一破轮乎！"我们听了大笑，父亲更是不知笑过多少回了！这大概是他们那一代人都听到过的笑话吧。如此看来，先生用浅近、平实的文言文来编写当时中国孩童需要了解的各方面的常识，正是他"授以切于实用之文字，养成发表思想之能力"的编撰宗旨的体现。

吕先生编教材的时候是三十三岁，那一年我父亲刚刚出生。后来父亲有没有读到过吕先生编写的这套教科书，已无从知晓。只记得父亲说过他五岁多一点儿就入私塾发蒙,读的全是当时私塾都要读的经典,他说自己半年便能背诵《左传》。为了不挨打,他总是努力背书,由于记性好,他常常被先生夸奖。但放假的日子总比上学的日子开心,玩疯了就会闯祸,闯了祸就会捱母亲的打。父亲十二岁到南昌补习了半年新式小学的数学课程,才考入了当时江西省最好的中学。乡塾与新式学校教育的强烈反差令父亲又惊又喜,他说,生理卫生和植物学等课程所教的常识,都是他闻所未闻的。上新式学校,简直就是从此走进了一个新世界。

吕先生同一时期还编有新式学校初高中的历史、地理、修身等教科书,为了不与其他各科的内容重复,新眼光、新思路对于国文教科书的选材,是必不可少的。吕先生的这套高小国文教科书,从进入高小的第一篇强调教育在"今日文明世界"的意义,到第六册最后一篇讲"国性"与国文的重要关系,真可以说是一个颇具当时中国特色的语文教育新体系。先生把国文的基础修习放在了一个很高、却又贴近中国人日常生活的位置上。

日常生活对于人的童年和成长来说,其影响力远甚于书本知识。我们对家庭、邻里、社会、世界的各种事物、各种关系的认识无不源于我们最初的日常生活。吕先生认为阻碍人类社会进步的"最大的毛病,就在无所用其心,而凡事只会照老样做"。这就不可能有我们今天所谓的创新思维。在第一册的《察理》上下篇中,吕先生以烟草的发明与哥伦布让鸡蛋竖立在桌子上的故事为例,告诉学童,不要因为少见多怪而做出可笑的事情;也不要因为司空见惯,就把别人的大发现、大发明看得稀松平常,转而认为自己无所不能。在第一册教科书里,他还以"盲鱼"为例,说人的头脑是用来思考的,懒得思考的人,就像那种在暗无天日的巨壑中视觉完全退化了的鱼,被强者吞噬是早晚的事情!吕先生认为,对于日常生活中发生的点点滴滴,只有留心观察了、思考了,才能获得真知识。很多年以后,他还常常告诫学生们:"学问在空间,不在纸上,须将经验与书本,汇合为一,知书上之所言,即为今日目击之何等事。"他把自己几十年读书、教书的经验,化入了对日常生活的理解,通过简雅洁净的书面语,呈现在他所编写的教材中。例如第一册教科书共三十五课,每篇课文的字数最多不过三百,少的仅一百三十余字。讲的都是日常生活、格物致知的普通道理,文字却既平实,又活泼。如第二课《喻学》用的是寓言手法,通过木与铁的对话,形象有趣地用密集的动词与夸张的动作组合表现了铁成为工具的过程以及铁被锻炼成器的痛苦,文字风格像极了《齐物论》中子游与子綦关于风的那段对话。文字的节奏生动地再现了木与铁的表情,而作者却无一字落在拟人化的表情描写上。第四课《圣迹》一篇其实就是今天所说的"说明文",作者对孔林空间准确、明晰的描述,使人如临其境,而寥寥几笔对孔林草树的描写,竟透着强烈的文化纵深感。

先生二十二岁到二十三岁时曾任教于溪山小学,对十来岁的男孩子的天性是非常了解的。"寓教于乐"、让儿童在游戏中强健体魄、发展天性的教育主张,也体现在《国文教科书》第一册的编写中。《纸鸢》《钓鱼》读来颇亲切,儿时自己糊风筝、放风筝,自己"敲针作钓钩"、挖蚯蚓作鱼饵的情景犹在眼前。我父亲只会唱屈指可数的几首歌,其中就有放纸鹞的,"正二三月天气好,功课完毕放学早。春风和暖放纸鹞,长线问我爹娘要。爹娘对我微微笑,夸我功课做得好……"如今的孩子也放风筝,但却不是自己制作的了。《运动》那一篇也让我想起父亲会唱的另一首歌,叫《跑、跑、跑》:"跑跑跑,跑跑跑!努力向上跑!暖风吹,太阳照,空气新鲜景致好!你也跑,我也跑!大家一起向上跑!"小时候觉得那调子真难听,歌词也笨,现在却觉得很温馨。《运动》篇的最后一句说:"平野广阔,空气清

洁,徜徉其间,心神泰然,实人生至佳之境也。"读着这样的句子,你
的呼吸是否也很舒畅呢?

民国以后的新式小学分为两级,前四年为初小,后三年为高小。
进入高小的学生年龄一般在十岁左右,正是好奇心、求知欲最旺盛
的年龄段,影响孩童一生的选择也在此时开始成型。陈平原谈语文
教育的时候说过:"对于很多老学生来说,语文老师比数学、英语或
政治课老师更容易被追怀。不仅是课时安排、教师才华,更与学生
本人的成长记忆有关。在这个意义上,说中小学语文课很重要,影
响学生一辈子,一点都不夸张。"因为"'母语教育'不仅仅是读书识
字,还牵涉知识、思维、审美、文化立场等"。语言学家赵元任先生的
早年自传中就说自己十四岁时进常州的溪山小学校求学,当时在溪
山小学校教国文和历史的吕思勉先生是他最爱戴的老师。有幸亲
聆吕先生授课的好几位当代文史大家的回忆,也让我们极为亲切地
感受到先生的人格魅力,而我们却只能在先生编写的教科书中,想
象先生在国文讲台上的音容笑貌,通过先生的文字表达,感受中国
语文之美。

我刚在中文系任教的时候,父亲常常会跟我谈到吕生先,说当
年同在光华教书时,读书有疑问便会在课间休息时求教于先生,而
吕先生往往会告诉他可去查何书,甚至连第几卷、哪个章节都准确
无误。父亲说起这些往事的时候,对先生的钦佩之情溢于言表,而
在我心目中,这样的大学者一般都很孤傲、冷静,博学而严谨,深思
熟虑且难以亲近。然而,读先生所编的这套教科书时,我常常会因
为先生生动、有趣的表达笑出声来。比如第二册的第三课《蝴蝶》,
描写一只蝴蝶从幼虫到作茧自缚最终破茧而出的变化过程,把弱小
生命从自卑到愤世嫉俗而后又自得、自媚的心态刻画得惟妙惟肖、

颇为滑稽。特别是结尾的那段歌曰:"昔何辱兮,今何荣。昔为同类所贱兮,今为所敬。今日之乐兮,由于昔日之能忍。"真令人忍俊不禁! 中国文人多悲怆而少幽默,称得上幽默的文字,实在是屈指可数!

小孩就是小孩,他们愿意记且记得住的东西总是有趣的。我小时候每到开学领到新发的教科书,最先翻阅的必是语文课本,结果却对语文课兴趣不大,毫无期待。还记得给我们讲《西门豹》的老师是启东人,当他念"这个姑娘不漂亮"时,我们全班都笑翻了,他把"姑娘"念成了"狗娘",漂亮的"漂"读成了上声! 如今我们这些已年逾花甲的发小聚会时,大家居然还都记得这一课! 还记得五年级时一篇课文中的若干句:"树老根多,人老话多,莫嫌老汉说话啰嗦……手拍胸膛想一想,难道人心喂了狼……你爹你娘来逃荒,一条扁担两只筐。你那时饿得像瘦猴,三根筋支着一个头……他说是灯你就添油,他说是庙你就磕头……"平心而论,这些句子就是今天想起来也还是觉得有趣。

编语文教材的人,除了书读得多,还必须能写出好文字。也就是本教材的编辑大意所说的明晰、势力与流畅的文字。势力,即"与读者之刺激力",也就是我们今天所说的"感人的力度"。在吕先生看来,这是"文字佳否及适用与否"的判别标准。先生认为,就这三点而言,当时的白话不如文言。至于和今天小学教材中同样内容的课文相比,其"势力"高下,我相信,对文字有起码感悟力的人,都不难分辨。以下试举一例。

本书第三册第十课《勃罗斯》:

　　勃罗斯者,苏格兰君也。六百余年前,屡与英吉利构兵。众寡不敌,辄为所败。迨第六次,良将尽亡,疆土亦失。不得已,伏匿茅屋中以避兵。

时勃罗斯子焉如寄，末路兴嗟，乃席地偃卧。瞥见梁上蜘蛛，吐丝作网。勃既无聊，姑觇之以遣闷。梁有二椽，其一较低。蛛系丝高椽，引其一端，欲下垂于低者。垂未及半，丝断而坠，前功尽弃。然蛛虽蹉跌，攀援力作，仍不少衰。坠而复起者六，迄未就绪。勃孤影自怜，喟然叹息，而蛛复援丝下矣。

至第七次，竟无波折，微丝一缕，直达低椽。两端既系，其余易易。瞬息间已成方罥形。勃大感动，奋然曰："吾敢不如蛛乎！"跃而起。号召旧部，搜集散亡。再与英战，复有苏格兰。

苏教版小学《语文》三年级上册《第八次》：

古时候，欧洲的苏格兰遭到了别国的侵略。王子布鲁斯带领军队，英勇地抗击外国侵略军。可是，一连打了七次仗，苏格兰军队都失败了，布鲁斯王子也受了伤。他躺在山上的一间磨坊里，不断地唉声叹气。对这场战争，他几乎失去了信心。

布鲁斯躺在木板上望着屋顶，无意中看到一只蜘蛛正在结网。忽然，一阵大风吹来，丝断了，网破了。蜘蛛重新扯起细丝再次结网，又被风吹断了。就这样结了断，断了结，一连结了七次，都没有结成。可蜘蛛并不灰心，照样从头干起，这一次它终于结成了一张网。

布鲁斯感动极了。他猛地跳起来，喊道："我也要干第八次！"他四处奔走，招集被打散的军队，动员人民起来抵抗。经过激烈的战斗，苏格兰军队赶跑了外国侵略军。布鲁斯的第八次抵抗成功了。

下面这篇比先生写的那篇多了三十个字，却少了很多东西：蜘蛛结网的细节没有了，勃罗斯王的姿态和神态没有了，文章的"势力"完全谈不上了,至于行文的内在节奏,更是大不如前。这应该是好的语文教师不能不关注的授课要点。我见过若干现在的语文教材,像这样"削足适履"式的改编以至改写比比皆是,而忽略的恰恰是作为教材最需要的好文字!

我当教师以后,父亲常常对我说,要讲好课,"深入浅出"是最重要的。只有真正深入了,才能做到浅出;很多问题,你自己尚未全面掌握,怎么能给学生讲得清楚明白呢? 对此,我是深有体会的。凡我自己意识到的讲得失败的课,根本原因都在于我读过的书不多,对自己所讲的东西思考不够深入。读吕先生编写的《俾斯麦》,对先生能将"高深之学理,以浅显之言出之"的叙事能力,真是佩服得五体投地。先生只用了不到九百字,就把俾斯麦在德意志帝国的统一大业中与奥、法、意、俄、英的连横外交谋略,把当时欧洲各国为本国利益而与他国的离合、征战交代得清清楚楚。这课文在第六册,其后一篇选薛福成的《巴黎观油画记》,很明显是对《俾斯麦》上下篇的补充。在普法战争中败北的法国人把这场战争的血腥场面画成了油画,令薛福成"几自疑置身战场"。那些读了《俾斯麦》的学生,再读薛福成此文,对法国人败于俾斯麦的谋略而"必图报复"之心,肯定会有更深切的理解。这种趁热打铁的连续性,在这套教材的课文选编上,总会适时显现。例子太多,恕不一一枚举。这样的选编思路,不仅有益于学生获得相对完整的某一方面的知识,对教师备课所需的系统性阅读,也大有裨益。

吕先生很重视国文课对学生"发表思想之能力"的训练。"首求明晰,次务势力,终贵流畅",不仅是教材选文的标准,也是培养学生作文的标准。他批评科举时代的八股文,说那些文章总是"要从没有话可说处硬找话说","说空话、发空论";他说《史记》之所以写得好,"实缘其与当时之语言甚为接近"。先生一生都反对抱残守缺、无所用心的文化,在评价五四新文学运动时,他说五四运动的价值就"在于推翻旧来的权威,教人以一切重行估计"。谈到白话文的风行时他说:"此事于教育亦是很有利的。但其功用还不止此。因为文学思想,本是人人所同具。但是向来民众所怀抱的感想,因限于工具,无从发表,而埋没掉的很多。从白话文风行以来,此弊亦可渐渐革除了。所以最近的文学,确亦另饶一种生趣,这都是不可否认的事实。"作为中国近世的大学问家,先生不仅能写一手才气横溢、意境孤峭、笔锋犀利的古文,还能写自然流畅的白话文,如他的《狗吠》一文:"从前,我们联床情话时,夜深人静,亦或听得狗吠的声音,开门出视,只见一条深巷,月明如水,行人绝迹而已。"寥寥几笔,战前江南僻静小镇的夜色如在眼前。而日寇占领先生的老家之后,"在深夜,他们得了慰安回来的时候,就要逢彼(指狗)之怒了。或者拔出刀来刺,或者以现代的武器相对付。以现代的武器相对付,倒也罢了。被刺刀所刺的,伤而不死,真惨痛啊!我曾见一只狗,肠拖腹外,还惨切叫号了两三天。然而狗见了他们还是叫,不但没有受过伤的,就是受过伤的,甚而至于还带着伤的,也是如此,态度决不改变。狗真是有气节啊!"这是对历史细节的记录,也是对战乱中故乡民众充满恐惧与痛苦的生活的描述。先生用白话来写,为的是更能传达亿万抗战民众的心声!

行文至此,也该结束了,但觉得还有两件事非说一下不可。一是关于近年来高考得满分的文言文作文问题。这些文言文作文,言之无物、辞藻堆砌,一副老气横秋的样子,都有吕先生所说的"意少辞多"的八股通病。这非但不能表明语文教育的进步,反倒是一个大退步。读了吕先生关于国文教育的几篇重要文章之后,我更觉得此风不可长。二是我自己的一大遗憾:过去总认为吕先生是史家,从未关注过吕先生的国文教育思想以及他对古典文学作品的讲评。

退休四年后，读黄永年先生当年听吕先生讲评《古文观止》的笔记，读先生遗文集中关于文学与语言诸多问题的精彩讨论，真有振聋发聩之感。如果我早十年就好好读先生的书，我的学生必能因此而受益。

编辑大意

一、宗旨　遵照部定教则，规定本书之宗旨：［一］授以切于实用之文字，养成发表思想之能力。［二］修练语言。［三］辅导智德。

二、编制法　［一］春秋季始业通用。［二］全书分六册，每学年用二册。［三］各册不规定同样之课数，以教材之深浅，为排列之先后。以文字之长短，及内容之繁简，分配授课之时间（详见教授书）。［四］课文有待于图画参证者，本书必考证详确，列入插图，概不臆造。［五］书中符号最要处用。。。。，次要处用‧‧‧‧，分句用。，分读用、，语言用""，引用成语用' '，语言中引用他语亦用' '。

文章之标准

（甲）文之构成。文章之道，从形式方面论之，不外积字成句、积句成篇；而语其大要，不外首求明晰，次务势力，终贵流畅。本书注意于此。要点如左：

（一）明晰。［一］措语明确。［二］所用皆普通语，与口语不十分悬绝。［三］字字相联，语语相缀，均无谬误。［四］起伏呼应，段落分明。

（二）势力。［一］文有节制，勿令散漫。［二］用笔变换，动人心目。［三］引喻陈辞，言之有物。［四］反复推勘，有义毕宣。［五］故作疑阵，含蓄不尽（上五项细析之可得十余法，各课属于何法,特详于教授书)。

(三)流畅。[一]音调和谐,便于诵读。[二]文采斐然,以实用为主。[三]句法长短相配,恰合分际。

(乙)文之排列及采择之标准。

(一)首顺叙法及平列法,次总起法及总结法,次总起总结法。

(二)首记叙,次说理,次议论,次言情。

(三)语气之属于普通者居前,其特须注意者居后。

以上仅属各学年偏重之点,并不为甚严之界限,期无碍多方练习之兴味。

(四)多采散文,间采明白流畅之韵文,借达美感教育之旨。至所采散文,如记事记物及日常应用之书简文等,采列最多。其契约单据等,为国民学校国文教科书未能列入者,分附于课后,借便练习。

(五)行文之程式,如论辩、序跋、书说、赠序、传记,以及记游、记物之作,无不甄采。而其选录之多少,排列之先后,则一以实质形式之深浅为衡。其箴铭、颂赞、词赋、哀祭之类,仅择其浅近易解者,甄录一二,借示程序。

三、材料之标准　高等小学修身、历史、地理、理科,皆专列科目。故国文中关于此类材料,当补各科所缺,而不宜重复。此外关于实业事项,及日用知识,有必须列入者,教授书另载教材分配表。兹列举其大要于左:

(一)道德教育。[一]记事。[二]寓言。[三]法制。大意补修身书所不备。

(二)历史。[一]名人之传记或轶事,其意味不专属于道德范围者。[二]壮快勇武之史谈,与军国民教育有关者。[三]欧美近世之人物及事实,与政治经济进化等有关者。

（三）地理。〔一〕著名胜地之游记。〔二〕地理上特著之现象。

（四）理科。〔一〕自然物之最有关系于人生者。〔二〕自然物之性状富有兴趣,有道德教育或美育有关者。〔三〕自然界美丽之景色。〔四〕理化知识之关于日用者。

（五）实业。〔一〕农工商状况及关系。〔二〕职业上应用之知能。〔三〕本国重要出品。〔四〕世界实业趋势。

（六）日用知识。〔一〕人事之有关于生活者。〔二〕游戏事项。〔三〕近世之公共事业。

四、教授书　照教科册数编辑,其编纂顺序：分列教材(全载教科书文字图画)、要旨、时间、准备、豫习事项,教授事项,练习事项,备考等。各册之首,编列教授案,注重于动的教育法。期以养成儿童独立自营之实力。

目　录

第　一　册

第 二 册

第　三　册

第　四　册

第　五　册

第　六　册

第一册

第一　入学(二)

　　国旗、校旗,交叉悬于门。诸生鱼贯入,集于礼堂,聆师长训词。此学校之始业式①也。

　　教育无止境,人受教育亦无止境。视其受教育之程度何若②,即可知其人之造就何若。诸生于国民教育,既③完全领受,今乃进求较高之教育,实为人生之幸福。盖今日文明世界,非学问无以自立也。诸生勉乎哉!

---

①　始业式:开学典礼。
②　何若:若何。
③　既:已经。

第二　喻学(二)

　　木谓铁曰："君生土中,我家地上,风马牛不相及也。君乃为斧以斫①我,为锄以掘我,为锯以锯我,为凿以凿我,为钻、为钉以穿穴②我,为刀、为削以雕镌③我,我与君何仇?乃④苦我至此。"

　　铁曰："人自欲君成器耳,我何敢苦君。且我岂生而为斧凿、刀削者哉?人出我石穴,投我猛火,使我至坚至刚之质,化而成液。于是或压为板,或引为丝,或轧为片,百出其技而未已。若欲炼钢,则忽入烈焰,忽置寒泉,戕贼⑤我尤甚,顾⑥我不以为仇。若釜⑦、若炉、若锤,固我所自为也,亦且迫而自煎,奋而自击,皆不遑⑧恤⑨。盖非经磨炼,则不能成器耳。人自欲君成器,我何敢苦君哉?"

---

　　①　斫(zhuó):意为砍。
　　②　穿穴:钻眼打洞。
　　③　镌(juān):凿刻。
　　④　乃:竟然,居然。
　　⑤　戕贼(qiāng zéi):意为残害。
　　⑥　顾:却,反而。
　　⑦　釜(fǔ):古代做饭的锅。
　　⑧　不遑:来不及,没时间。
　　⑨　恤(xù):同情,怜悯。

第三　奈端轶事(二)

奈端者,英之物理学家也。其为学恒①苦思力索。一日晨起,方兀立②仰视,不知意何属③。侍者进,持鸡卵就釜。且曰:"将朝食矣。"奈端曰:"置之,我当自烹。"侍者退。已而复进。奈端又曰:"汝退,我当自烹。"俄而釜沸,启视,则时表在焉,卵仍置其前。盖当其取投釜中时,不知其为卵为时表也。

奈端

学者乎,能好学深思如奈端乎? 用志不纷④,乃凝于神。能专一,斯能研深;能研深,斯能精进。学者乎,能好学深思如奈端乎?

---

① 恒:总是。

② 兀立:笔挺挺地站着。

③ 意何属:想什么,思考什么问题。

④ 用志不纷:指心无旁骛。志,意为心;纷,同分。

第四　圣迹(三)

一国之圣人,非独其言行为后世所尊仰也。即①其居宅、坟墓,虽历数千年,后人仍谨守之。凡过其处者,无不肃然起敬焉。

孔子所居阙里②,在今曲阜县城内西南隅。自汉以来,时有修筑,永为奉祀之所。而孔林尤为中外观听之所系。

孔林在泗水③之南,方④十余里,草树深茂,景色开朗,孔子墓在

孔子墓

① 即:即便。
② 阙(què)里:孔子故居,借指孔庙与儒学。
③ 泗水:又名洙水,发源于山东省蒙山南麓,经泗水县、曲阜市及兖州市注入南阳湖。泗水在古代是淮河的一大支流,曾汇集反水、睢水、潼水、沂水等诸多河流,经今鱼台县、沛县、徐州市、宿迁市及泗阳县,在泗口(又名清口,今淮安市淮阴区码头镇附近)注入淮河。泗水在历史上曾经长期是联系中原与江淮地区的交通孔道。
④ 方:指孔林的周边的面积。

焉。红墙环之,墓前有碑,曰大成至圣文宣王①墓。西偏小屋三间,为子贡庐墓处②。墙东南有枯木,护以石栏,子贡手植楷③也,旁有楷亭。门外有洙水桥,桥南有门,门距曲阜城可二里。道旁植柏,行列整齐,蔽日参天,皆数千年物。吾人徘徊其间,益叹孔子之道尊严伟大,无与伦比也。

---

① 大成至圣文宣王:唐玄宗时,孔子被封为"文宣王"。宋大中祥符五年被改封为"至圣文宣王"。元大德十一年,孔子被封为"大成至圣文宣王"。

② 子贡庐墓处:子贡,春秋时卫国人。复姓端木,名赐,字子贡,是孔子的学生。孔子死后,他守墓达六年之久。庐,指造一个守墓的茅草房。

③ 楷(jiē):落叶乔木,亦称"黄连木"。

第五　纸鸢①（三）

　　天朗气清,惠风和畅。群儿集草地,共谋游戏。偶翘首仰望,瞥见空中一物,状如蝴蝶,盘旋往复,高达云端。

　　某儿曰:"是纸鸢也,我能为之。诸君盍②取竹丝、面糊及线、纸来。"于是络绎③奔赴,各持物至。且助某儿分任削竹、裁纸、搓线、黏贴等事。一时众手毕举,而纸鸢遂成。

　　众又购长绳一束,以系纸鸢。至广场,乘风纵之。倏忽之间,上升天半,与向④所见之纸鸢无异。群儿欢呼跳跃,莫可名状。

　　某儿曰:"鸢本鸟之善飞者,是物以纸为之,而飘然高举,有类于鸢,此命名所由来也。今日时促,未及制一筝,加于其上。不然,迎风而鸣,其声清越,又可称为风筝矣。"

---

　　①　鸢(yuān):鹰科的鸟。纸鸢即做成鸢鸟状的风筝。
　　②　盍(hé):何不,为什么不。
　　③　络绎:指先后。
　　④　向:先前。

第六 钓鱼（三）

兄弟检弃物，得铁丝寸余。兄曰："是可屈为钩，作钓鱼之具。"弟乃以指力屈之，丝颇劲①，不能屈。兄炙②以火，丝顿③柔，果屈为钩。于是弟取竿，兄系线，又捕虫为饵，同往池边。

时宿雨初晴，水清如镜。弟欲持竿先钓，兄乃为之钩饵，垂于池中，注目视之，一鱼掉尾来，将及饵，弟急举竿，鱼惊而逸④。

兄曰："弟不善钓。必待鱼吞饵，方可举竿也。盍让我为之？"

弟不肯，遂又下钓。良久，一鱼至，弟持竿不敢稍动。移时，询兄曰："可举竿未？"兄曰："可。"及举竿，仍不得鱼。盖鱼已食饵去矣。

弟乃愿作旁观，请兄垂钓。兄置饵如前，持竿静俟⑤之。须臾，见钩丝动，急掣⑥起，果得一鱼。弟乐甚。

兄曰："向使弟谙⑦钓法，今已得三鱼。可见事必有法，钓其小焉者也⑧。"

———————

① 劲：坚硬。
② 炙(zhì)：烧，烤。
③ 顿：顿时，一下子。
④ 逸：逃逸。
⑤ 俟(sì)：等待。
⑥ 掣(chè)：牵拉抽拔的意思。
⑦ 谙(ān)：熟悉，精通。
⑧ 钓其小焉者也：钓鱼只是一个小小的例子。

第七　放鱼诗白居易①（三）

晓日提竹篮，家僮买春蔬。青青芹蕨②下，叠卧双白鱼。无声但呀呀，以气相煦濡③。倾篮写④地上，拨剌⑤长尺余。岂惟刀机⑥忧，坐见⑦蝼蚁图⑧。脱泉虽已久，得水犹可苏⑨。放之小池中，且用救干枯。水小池窄狭，动尾触四隅。一时幸苟活，久远将何如？怜其不得所，移放于南湖。南湖连西江，好去勿踟蹰。施恩即望报，吾非斯人⑩徒。不须泥沙底，辛苦觅明珠⑪。

---

①　白居易（772—846）：字乐天，号香山居士。中唐现实主义大诗人，新乐府运动的主要倡导者。

②　蕨（jué）：蕨菜，一种山野菜。

③　煦（xù）濡：相互给以温暖和帮助。煦，哈气；濡，濡湿。

④　写：泻。

⑤　拨剌：鱼在地面上挣扎、拍打的声音。

⑥　刀机：指宰割。

⑦　坐见：眼看着。

⑧　图：谋划。

⑨　苏：活过来。

⑩　斯人：指那些施恩图报者。

⑪　明珠：中国古代有明珠报恩的种种故事。如隋侯救了一条大蛇，蛇衔着夜明珠来报答隋侯。《搜神记》也记有一个玄鹤衔明珠来报答为它疗伤者的故事。

第八　水(三)

　　水者,透明之流质也。至清之水无味,一勺之水无色,及其汇而入海,则作青绿色,且有咸味矣。

　　水自高山而下,其显者为悬瀑,隐者为伏泉。其流于平地也,小者为沟涧,大者为江河。浸润灌溉,渐达于海。其行于地中者,亦复泉源贯注,如人身之有血脉焉。

　　水为养生要物,非此则人畜草木将枯渴而死。然水亦非尽可饮也。若煮之易沸,入皂易化,烹蔬易熟,则其水可饮。否则或以致害,不可不察也。

　　水之中含有矿质者,名曰矿泉。其水温热者,名曰温泉。是皆可以治病,有益于人者也。

　　孟子曰:"民非水火不生活。"斯言信①哉!

---

① 信:确实。

第九　记某法人事(二)

　　普鲁士某王,每阅兵,必人人遍劳①之。曰:"年几何矣? 入伍几何时矣? 军中苦乐何如?"王恒作此三语,且先后不乱,如是者有年,士卒咸熟闻之。

　　有法人初入伍,未谙普语。闻王复将阅兵,讯诸同侪,习其答语。王至,问及法人,偶易②其序,曰:"入伍几何时矣?"对曰:"二十一年矣。"王惊其齿幼,问年几何? 则答曰:"三阅月③。"王益惊,曰:"汝何言,汝非癫者乎?"又对曰:"军中甚乐也。"

---

　　①　劳:慰问。
　　②　易:改变。
　　③　阅月:意为过了一个月。三阅月,就是有三个月了。

第十　察理上（三）

　　世俗论事，于不经见①者，虽小，辄相诧以为奇。及其既②成，虽大，则又忽视之，以为不过尔尔。盖察理不精，即寻常因应③，亦动辄失宜也。

　　当欧洲初有烟草，人莫之识。英有赖留者，尝吸之，微烟腾室中。会其仆叩户入，骤睹之，以为火自其首出，急沃④以水。闻者传以为笑。

　　哥仑布既得美洲，告成功于西班牙王，国人日置酒颂其功。或嫉之，曰："大陆本天生，何功之有。"哥仑布闻之，持卵置众前，曰："试卓立之。"莫有应者。乃微叩其一端，植⑤几上，曰："观事于已成，众固⑥无不能者。"

────────

①　经见：常见。
②　既：已经。
③　因应：指人对事物的反应。
④　沃：浇。
⑤　植：竖立。
⑥　固：当然。

第十一　察理下（三）

　　理之宜察，不独人事也，物亦有之。某生尝去灯罩，取湿布作垫，罩未及去，遇布而裂。冬日晨起，见玻璃窗面结冰花。自语曰："以热水洗之使净。"甫①动手而玻璃裂。生始知玻璃猝遇冷热，骤涨骤缩，必至迸裂，然无及矣②。

　　一夕，取瓦盆盛水，至四分之三，露庭中。晨起视之，水结冰而盆裂。盖冰之体积，较水为大。盆之裂，涨力使然也。

　　又一日，或遣汲酒，生以瓶往。盛酒至满，几不能容塞，击之使下。然流质之性，不受逼压，一击而瓶裂，手中仅余一瓶颈矣。

---

①　甫：刚刚开始。
②　然无及矣：是说玻璃已经碎了，做什么都于事无补了。

第十二 甲乙辨欧阳修①（二）

　　甲问于乙曰："铸铜为钟，削木为莛②，以莛叩钟，则铿然而鸣。然则声在木乎？在铜乎？"

　　乙曰："以莛叩垣墙，则不鸣，叩钟则鸣，是声在铜。"

　　甲曰："以莛叩钱积，则不鸣，声果在铜乎？"

　　乙曰："钱积实，钟虚中，是声在虚器之中。"

　　甲曰："以木若泥为钟，则无声，声果在虚器之中乎？"

---

　　① 欧阳修（1007—1072）：字永叔，号醉翁，晚号六一居士，吉州永丰（今江西省吉安市永丰县）人，北宋政治家、文学家、史学家。官至翰林学士、枢密副使、参知政事，谥号文忠，世称欧阳文忠公。他领导了北宋诗文革新运动，奖掖后进，德高望重。与韩愈、柳宗元、苏轼、苏洵、苏辙、王安石、曾巩合称"唐宋八大家"。是在宋代文学史上最早开创一代文风的文坛领袖。他曾主修《新唐书》，并独撰《新五代史》。有《欧阳文忠公集》传世。

　　② 莛（tíng）：棍棒，鼓槌。

第十三 盲鱼(三)

　　人之生也,脑出思虑,五官主知觉,四肢司运动。然或怠惰暴弃,不得尽其用,则思虑变灵而为蠢,知觉变敏而为拙,运动变健而为弱。如是者久之,事事不如人矣。且不独身受其病也,子孙得其遗传,其蠢、其拙、其弱,且愈变而愈甚。此在人或不易察,观于动物,固有显然可见之例也。

　　意大利某山,有巨壑焉,暗不见天日,积水满中,不知其深几千尺也。群鱼潜居,目无所睹,久之,遂尽盲。网罟不能入,钓饵不能到,自以为无患也。一旦矿工入,沟①而属②之湖,獱獭③戕于下,鸬鹚、鸂鶒④伺⑤于上,无几时,盲鱼垂垂尽矣。嗟乎! 鱼失一官之用耳,其祸乃至此乎。

---

　①　沟:沟通。
　②　属(zhǔ):连接。
　③　獱獭(biān tǎ):一种食鱼的水獭。
　④　鸂鶒(xī chì):一种被称为紫鸳鸯的水鸟。
　⑤　伺:窥伺。

第十四　小鸟之良伴(二)

　　某儿畜一小鸟,爱之甚笃。

　　一日,鸟跃案上。案有镜,鸟窥镜见影,以为他鸟也,怒而噪,狂跃不已。见其影亦狂跃,益忿,奔而啄之,触镜而仆①。骇甚。耽视镜中鸟良久,若有所思。乃趋至镜后,无睹也。折而前,则鸟又在焉。既而跃登镜顶,细察镜之上下左右,始悟镜背无彼鸟藏身之所。复跃下,逡巡②镜前,若欲与镜中鸟通殷勤者。久之,怡然而鸣,翩然而舞,其影亦随之舞。乃大喜。

　　某儿睹其状,乐之,为置一小镜于笼中。鸟由是视己影为良伴,对镜呢喃,终日不倦。

---

　　① 仆:同"扑",摔倒。

　　② 逡巡(qūn xún):犹豫徘徊。

第十五　益鸟(三)

　　鸟之有益于农务者,以其食虫也。盖害物之虫,品类纷赜①,滋生繁衍,植物实被其殃。鸟则能攫②之于空中,捕之于地上,即在土中者,亦能探而出之。故动物之足为虫敌者,惟鸟耳。

　　如桑扈③、鸲鹆④,能食小虫。而燕类捕捉黄蜂、蚊蚋⑤之属,尤不可胜数。他⑥若麻雀一物,或食葡萄,或食麦穗,不无小害,然樱桃、苹果、梨树之被其保护者,亦不少也。且每杀一害苗之虫,即三四十麦穗可保无恙,岂得因其偶一食谷,遽斥为无益之鸟哉!

---

①　赜(zé):纷繁,复杂。
②　攫(jué):抓取。
③　桑扈(hù):青雀。
④　鸲鹆(qú yù):俗称八哥。
⑤　蚋(ruì):一种很小的吸血蝇类。
⑥　他:其他。

第十六　卖油翁 欧阳修（二）

　　陈尧咨①善射，当世无双。公亦以此自矜。尝射于家圃，有卖油翁释担而立，睨之，久而不去。见其发矢十中八九，但②微颔之，尧咨问曰："汝亦知射乎？吾射不亦精乎？"翁曰："无他，但手熟尔。"尧咨忿然曰："尔安敢轻吾射？"翁曰："以我酌油知之。"乃取一葫芦，置于地，以钱覆其口，徐以杓酌油沥之。自钱孔入，而钱不湿。因曰："我亦无他，惟手熟尔。"尧咨笑而遣之。

————————

　　①　陈尧咨（970—1034）：宋真宗咸平三年（1000）庚子科状元。工书法，且射技超群。曾以钱币为的，一箭穿孔而过。

　　②　但：只是。

第十七　慎微(三)

　　甲与乙,刳①木于船坞。有木坚而洁,行②选为舟材矣,忽睹一虫焉,长不及半寸。甲曰:"此木易蠹,用之,且有后患,不如弃之。"乙曰:"仅一虫,何伤焉,弃之可惜。"遂以造舟。

　　舟成,航行海外。其初无他变,久之,木渐蠹③。船主以无大害也,满载货物而归。中途遇风,怒涛冲激,水自蠹处入。舟有抽水器,舟子并力④去水,水势速,卒⑤不能御。一昼夜而舟沉,生命货财,同归于尽。

　　嗟乎! 一虫之细,一工人之不谨,其为祸也若此。天下之患,每起于甚微,而发于所忽⑥。信夫!

---

　　①　刳(kū):剖挖。
　　②　行:即将。
　　③　蠹:本意蛀虫,此处引申为木质朽蠹。
　　④　并力:全力。
　　⑤　卒:最终。
　　⑥　忽:忽略,大意。

第十八　运动（三）

　　运动之益，人多不之信。曰："空气良矣，饮食宜矣，衣服适矣，居室当矣，已足尽卫生之道。何必劳劳运动为？"殊不知人不运动，则血液循环不免迟滞，饮食虽美，不能消化，筋肉不能强韧，精神不能活泼，身体将日就衰弱，安能得康健之益乎？

　　运动之法，不胜枚举。击球蹴鞠①，驰马试剑，少壮之人，皆所当为。至野外散步，尤易而有益。平野广阔，空气清洁，徜徉其间，心神泰然，实人生至佳之境也。

———————

　　①　蹴鞠（cù jū）：中国古代的一种类似足球的游戏。

第十九 公园(三)

　　辛苦之余,继以游息,则心神为之一畅,身体因以健康。此必至之效,无难实验者也。

　　文明各国之都会,皆设公园,吾国近亦仿办。岂导人以闲游哉。盖人烟稠密之区,空气不良,天机①易窒。辟此公园,以游鱼鸣鸟,奇卉名花点缀而成美景。居民劳作之暇,散步其间,可领略天然之趣味。其有益公众卫生,非浅鲜也。

　　惟然,游公园者,当知公德。不特②器具陈设,不可毁伤,花木敷荣③,不可攀折也。即④涕唾之微,亦必力防任意,毋使不洁之习,取厌于人。否则公众之所经营,将为一人之所败坏。就令⑤不为人所指摘,试反躬自问,其何以自安哉?

---

① 天机:指生命的存在。
② 不特:不仅仅。
③ 敷荣:指开花。嵇康《琴赋》:"迫而察之,若众葩敷荣曜春风。"
④ 即:即便。
⑤ 就令:即使。

第二十　全体之话上（三）

头部、躯干、四肢、脏腑，协力合作，非一日矣。

一日，口忽大言曰："全体生活，皆我之功，如我不食，必致饿毙。"

胃曰："否。我之功能，较大于口。如我不消化，口虽能食，亦有何益？"

手噪曰："如我不取食物纳于口，尔等皆殆矣。"

目笑之曰："如我不视物，手安能取哉？"

足更起而诘之曰："我之功最高。如我不行，目虽见物，手亦不能取也。"

嚣然自夸，纷扰不已，卒至决裂。于是口不食，胃不纳，手不取，目不视，足不行。

未几，全体大困。脑乃责之曰："尔等合群，则互受其益；涣散，则自促①其生。宜相亲，勿相猜也。"各部皆悟，协力如初。

---

① 促：缩短。

第二十一　全体之话下（三）

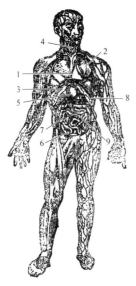

1 心脏　2 肺脏　3 横膈膜
4 喉头　5 肝脏　6 小肠
7 大肠　8 筋骨　9 胃

身体图

口贪食美物，不及细嚼，遽纳于胃。胃不能消化，欲逐至肠中。肠不受，乃将其物停积于胃肠之间。

顷之，肠胃皆作痛。痛益剧，胃乃责口曰："何故将硬物咽下，使我不能消化。"又责肠曰："何不速将硬物泻出。"肠责胃与口曰："何不用呕吐之术，以出之乎？"

肺与心亦来相责曰："此种剧痛，累我呼吸短促，脉跳加疾。推其祸原，谁任厥咎①？"

于是全体各部请脑为司法官，判断此案。脑曰："嚼物宜细，口之职也。胃不过消化已嚼碎之食物，输送其精液于各部而已。肠不过吸收其余液，排出其渣滓而已。非能代口之职也。故其咎实在口。"乃罚口一日不食，以为贪食之戒，而胃肠之痛亦愈。

---

①　厥咎：这个过错。厥，其也，此也；咎，过失，罪责。

第二十二　义犬（二）

　　一商人索债于外，乘马出，一犬随之。既得偿，囊①银马上，行数里，下马少息，置囊其侧。

　　迨②上马，遗囊于地。犬在后，欲以口衔囊，囊重，力不能胜，狂吠逐主人。马行疾，犬声嘶力竭，主人犹不省③。乃直前啮马足，马狂跃，商人几④坠。疑犬病疯，出枪拟⑤之，犬亦不避。枪发，犬创甚，几仆。

　　商人不之视⑥，策马前行。已而以手探囊，囊亡。急回马，趋树下，见沿途血迹淋漓，至憩息之所，遗囊固在，而创犬犹守其旁。

　　既见主人，强摇其尾，欲起立，力不能支，仆地上。商人大悲，以手抚之，犬瞑目而逝。

---

①　囊：口袋。此作动词，指把银子装在口袋里放在马背上。
②　迨（dài）：等到。
③　不省：没有觉察到。
④　几：几乎，差一点儿。
⑤　拟：指向，比划。
⑥　不之视：不视之。

第二十三　临江之麋 柳宗元①（二）

临江之人，畋②得麋麑③，携归畜之。入门，群犬垂涎，扬尾皆来。其人怒，挞之。自是日抱就犬，习示之，使勿动，稍④使与之戏。积久，皆如人意。

麋稍大，忘己之麋也，以为犬良我友。抵触偃仆⑤，益狎⑥。犬畏主人，与之俯仰甚善，然时啖其舌⑦。

三年，麋出门外，见外犬在道甚众，走欲与为戏。外犬见而喜且怒，共杀食之，狼籍道上。麋至死不悟。

---

① 柳宗元（773—819）：字子厚，河东（今山西省运城市永济县一带）人。中唐文学家、思想家、政治家、诗人，唐宋古文八大家之一。唐永贞革新失败后被贬至永州。在永州的十年，柳宗元创作了"永州八记"等一系列山水游记和寓言故事。

② 畋（tián）：猎。

③ 麋麑（mí ní）：小鹿。

④ 稍：渐渐地，慢慢地。

⑤ 偃仆（yǎn pū）：意为打闹、翻滚。偃，仰面倒地；仆，扑倒。

⑥ 狎：亲昵。

⑦ 啖其舌：咽口水。

第二十四　热（三）

人与万物，无不借热以生。食物，所以增体热也。衣服，所以护体热也。

凡物化合，则热自生。食物入胃，化为营养料，随血液之循环，与养气相合，自能发热。人方①食后，体热必增，此其验②也。

棉丝毛羽，皆不易传热。制以为衣，寒能使体热不外泄，暑能使体热不骤增。冬衣裘③，夏衣葛④，此人所共知者。然取木偶人，被⑤以狐貉，必不能温。可知热在体不在裘，裘特⑥阻之不遽泄⑦耳。酷暑中力作，非得棉布衣不能御烈日。可知夏衣在阻外热侵入。至其利用白色，则借以反射光热者也。

---

① 方：刚刚。
② 验：证明。
③ 裘：毛皮制作的衣服。
④ 葛：多年生草本植物，纤维可织布，夏布就是葛麻织成的。
⑤ 被：披也。
⑥ 特：仅仅。
⑦ 遽泄：快速发散。

第二十五　热与色(三)

　　富兰克林①,美人也。善穷理格物②。一日访友。时值晌午,主人款③以饭。既罢,进咖啡茶,不虞④已冷。主人歉然曰:"以冷茶饷⑤客,予心滋愧。然其咎在仆,贮茶之壶,久不拂拭,是以黝⑥然黑暗,茶乃易冷耳。"

　　富闻言,悠然以思。思夫器之黑而暗者,能使茶易冷。是黑色之能吸热,异于白色之能拒热也。顾一己之理想⑦,岂足为凭,安得就宿学⑧而问之? 瞥见日光照耀,顿有所触。

　　时方冬令,积雪未消。富乃取黑白巾各一,并覆雪上,伫立凝眸以待。有顷,黑巾之下,雪已尽融。启白巾视之,则融未过半也。于是知黑色之物果能吸热,而白色之能拒热,亦因此恍然。

――――――――――

　　①　富兰克林(Benjamin Franklin):18世纪美国著名的科学家、发明家、政治家、外交家。领导美国独立战争,参加起草《独立宣言》和宪法。
　　②　穷理格物:知其然,必知其所以然,即透过现象看本质。
　　③　款:款待。
　　④　不虞:没料到。
　　⑤　饷:款待。
　　⑥　黝(yǒu):黑也。
　　⑦　理想:此指思考出来的道理。
　　⑧　宿学:有渊博德识之人。

第二十六　布(三)

中国古无棉,所用以为布者,不外苎①、葛、麻三种。自棉种传入,棉布盛行。而苎、葛、麻诸布,用途渐狭。盖苎、葛、麻布,性硬而散热易,宜于暑时。棉布松软,能保体温,宜于寒时。人于寒时需布多,暑时需布少也。

自外洋之布输入中国,中国所织之布销售遂滞。无他,外人讲求工艺。同一棉布,彼缕匀而有美观,幅阔而便裁制。我国机妇②,率③其旧法,仍以粗糙狭幅者与之角④,利为所夺也固宜。

帛虽适体,然值颇贵,不能制普通之衣,故其销售,亦终不及布之广。然则居今日而欲振兴工艺,以挽回利权,所急宜讲求者,当自布始矣。

---

① 苎:植物名,其纤维可织布。
② 机妇:织布的女性。
③ 率:遵行。
④ 角:竞争。

第二十七　羊毛（三）

　　某儿偕其母游于野。时方初夏，见有剪羊毛者。因问其母曰："羊何罪，人乃脧①削之，使身无所蔽乎。"母曰："儿误矣。炎暑将至，剪其毛，正所以适其体也。至冬则毛且更生，与发之重生无异。岂虑其受寒耶？"

　　儿曰："将安用此毛？"母曰："先以热水及肥皂洗之，再用铁刷梳理使齐，乃用纺车、或机器纺之，然后可以织布。如小呢、法兰绒，皆羊毛所为也。或用以制袜及宽紧布，亦可装入枕褥焉。"

　　于是儿随母归。途中见羊毛成球，攒聚棘枳上。儿曰："此真无用之物矣。"母曰："此物，鸟见之，则啄以归，以铺巢底与其四围，令和暖，可伏②雏。可见天之生物，必无弃材，惟在能用之耳。"

---

　　①　脧（juān）：剥削。
　　②　伏：孵育。

第二十八　仁侠之母女(三)

美国某山中,有铁道通焉。旁有小屋一椽①,母女二人居其中。女齿稚,而母则寡妇也。家贫,饲鸡拾薪②,售诸近村,以为生计。

春雪方融,会为洪流,奔放而下。所居屋旁有深谷,上架铁桥,盖汽车③所从出④也。至是为水冲毁。时已夜深,雨如注。母女闻桥折声,私念汽车一至,将人与车皆坠谷中矣。谋所以救之者。乃冒雨出,燔薪于轨道上。既而声隆隆然,汽车蜿蜒而至。母乃立线路上,裂其衣,揭⑤于竿而然⑥之。女则焚树枝,高举回旋,交相呼曰:"速止而⑦车,速止而车。"

掌车者见火,又闻人声,知有变,欲停车。然开机过满,不能即停,直至母女兀立处始止。掌车者及乘客询得故,皆大感谢,醵⑧金以酬之。后为铁路公司所闻,亦赠以重资。自是称小康矣。

---

① 椽(chuán):本意为梁上横木,用以支撑房顶。此指房屋的间数,一椽就是一间。
② 薪:柴。
③ 汽车:这里指蒸汽机车。
④ 出:经过。
⑤ 揭:高举。
⑥ 然:点燃。
⑦ 而:同"尔",意为你们的。
⑧ 醵(jù):集聚。醵金就是大家凑钱。

第二十九 机变(二)

猎人某,独行丛山中。偶回顾,见有一狮,尾之于后。行速亦速,行迟亦迟,若将伺其不及防,突前以噬之者。

猎人大惊。努力前进,以期脱险,而狮仍相随不舍。行十余里,天渐昏黑,四无人居,窘急之状,殆难言喻。

会抵一危崖,屹然千仞,下临溪谷,旁有乱石,深可隐人。猎人遂潜匿其间。然恐狮之觅也,急解外衣,加冠其上,中间支以猎枪,傍崖而立,高出崖端,伪若己之憩息者。无何①,狮踵②至。以为人也,奋力扑之,枪遽倒,狮坠崖死。

---

① 无何:不久,很快。
② 踵:跟随,追逐。

第三十　晏子①使楚《晏子春秋》（二）

晏子至楚。楚王赐晏子酒。酒酣，吏缚一人诣②王前。王曰："缚此曷为者也？"对曰："齐人也，坐③盗。"

王视晏子曰："齐人固善盗乎？"

晏子避席对曰："婴闻橘生淮南，则为橘；生于淮北，则为枳。叶徒相似，其实味不同。所以然者何，水土异也。今民生长于齐，不盗；入楚，则盗。得无楚之水土，使民善盗邪？"

王笑曰："圣人非所与嬉④也，寡人反取病⑤焉。"

---

① 晏子：名婴。春秋时期齐国著名政治家、思想家、外交家。事齐灵公、庄公、景公三朝，以机智善谏闻名当时。他的言行、轶事和大量的谏言被编为《晏子春秋》一书。《晏子春秋》经过刘向的整理，共有内、外八篇，二百一十五章。

② 诣（yì）：来到。

③ 坐：犯罪，判罪。

④ 非所与嬉：不是可以乱开玩笑的人。

⑤ 病：羞辱，此处意为反取其辱。

第三十一　爱莲说周敦颐①（二）

　　水陆草木之花，可爱者甚蕃②。晋陶渊明独爱菊。自李唐来，世人甚爱牡丹。予独爱莲之出淤泥而不染，濯③清涟而不妖，中通④外直，不蔓不枝⑤，香远益清，亭亭净植⑥，可远观而不可亵玩⑦焉。

　　予谓菊，花之隐逸者也。牡丹，花之富贵者也。莲，花之君子者也。噫！菊之爱，陶后鲜⑧有闻。莲之爱，同予者何人？牡丹之爱，宜乎众矣。

---

① 周敦颐（1017—1073）：北宋文学家、哲学家，宋朝理学思想的开山鼻祖。
② 蕃（fán）：繁多。
③ 濯（zhuó）：洗。
④ 通：空。
⑤ 不蔓不枝：喻莲茎之正直、独立。
⑥ 净植：洁净挺立。
⑦ 亵玩：亲近而不庄重地赏玩。
⑧ 鲜（xiǎn）：少也。

第三十二　凌霄花^①白居易（二）

有木名凌霄，擢秀^②非孤标^③。偶依一株树，遂抽百尺条。托根附树身，开花寄树梢。自谓得其势，无因有动摇^④。

一朝树摧倒，独立暂飘飖。疾风从东起，吹折不终朝^⑤。朝为拂云花，暮为委地樵^⑥。寄言立身者^⑦，勿学柔弱苗。

凌霄花

---

①　凌霄花：紫葳科，攀援藤本植物。借气生根攀援他物向上生长，喜温润潮湿且阳光充足的气候环境。

②　擢秀：繁茂生长。

③　孤标：一枝独秀。

④　无因有动摇：意为没有什么东西能够动摇它。

⑤　终朝：一个白天。

⑥　樵：柴草。

⑦　立身者：想要有所作为的人。

第三十三　荣誉(二)

英伟人讷尔逊①,五洲所共闻也。幼时,与兄并辔②适校。中途,风雪大作,寒彻骨不可支。乃偕归,见其父。

父曰:"归校与否,吾听③汝等之自由。虽然,凡发一念,欲有所为,必成之而后已,此大丈夫荣誉之事也。半途而废,无志行者之事也。汝等试比较,择所从。"

讷尔逊闻言,即促兄更④归校。兄犹有难色。讷尔逊毅然曰:"兄忘荣誉之言乎?"卒相偕以去。

---

　①　讷尔逊(Horatio Nelson):今多译作纳尔逊,英国海军名将。特拉法尔加海战的英雄,被誉为"英国皇家海军之魂"。

　②　辔:马车的缰绳。

　③　听:听凭。

　④　更:重新,再一次。

第三十四　合力（二）

　　置一砖于地，一童子蹴之，则中裂，否①亦损四隅。合千百砖以为垣墉②，勇者③睨④其旁，徒手莫能毁焉。合亿万砖以为城郭，虽有敌至，环而攻之，未易破也。故合愈众，力愈大。

　　夫砖不能自为合也，以手垒砖，多不过数百，止矣。傅之以灰沙，施之以版筑⑤，乃能胶黏吻接，逾数仞⑥，过百雉⑦，卓立而不可动摇。故合愈坚，力愈固。

　　虽然，合者砖也，使之能合者人也。有灰沙版筑之功，乃能有垣墉城郭之用。犹⑧合众人之力以为力，必先合众人之心以为心。

---

① 否：不如此，不这样。
② 垣墉：墙。
③ 勇者：指勇猛的人。
④ 睨：窥视。
⑤ 版筑：筑土墙用的夹板和杵。
⑥ 仞(rèn)：古代的长度单位。一仞合周制八尺，汉制七尺。
⑦ 雉(zhì)：古代计算城墙面积的单位。长三丈高一丈为一雉。
⑧ 犹：犹如，正如。

第三十五 集会(三)

虑①以博考而精,力以众擎②而厚③。此在凡事,莫不皆然。而利害之有关于公众者,尤当合群策群力以图之。此文明国民所以重视夫集会也。

文明国民之集会也,到会散会,皆有定时。议事旁听,各从定则。观其气象,则沉毅肃穆,万众无哗。聆其发言,则讨论表决,秩然有序。其进止之严整,虽行军无以加。其辩论之精审,即④讲学无以过。论者谓观于其国民之集会,而知其文化之进退,信不诬也。

我国今日,百废待兴,其有赖于群策群力者何限⑤。为国民者,苟能同心协力,而又一⑥以规律出之,则事无不举,而大国民风格之誉,亦不让人以专美矣。

---

① 虑:思想。
② 擎:托举。
③ 厚:坚实有力。
④ 即:即使。
⑤ 何限:不知道有多少。
⑥ 一:步调一致,统一。

传单式①

　　启者：城东街道，岁久失修，行人往来，殊多不便，自应从速修理。惟兹事体大，必须合本地方居户，公同筹议，方足昭②慎重而利进行。兹定于本月十九日午后一时，借市立第一高等小学校，特开大会，凡我公民，尚祈，莅止③。

区董④〇〇〇谨白

----

①　传单式：通知与启事的格式。传单，通知单。
②　昭：显示。
③　莅止：来临，到会。
④　董：督察。

第二册

第一 孟母(三)

　　孟子之母，其舍近墓。孟子少嬉游，为墓间之事，踊跃筑埋①。孟母曰："此非吾所以居处②子也。"乃去，舍③市④旁。其嬉戏，为贾人⑤衒卖⑥之事。孟母又曰："此非吾所以居处子也。"复徙⑦，舍学宫⑧之旁。其嬉游，乃设俎豆⑨，揖让⑩进退。孟母曰："此真可以居吾子矣。"遂居之。

　　孟子稍长，既学⑪而归。孟母方织，问曰："学何所至矣？"孟子曰："自若⑫也。"孟母以刀断其机织。曰："子之废学，若吾断斯机也。夫君子学以立名，问则广知。是以居则安宁，动则远害。今

---

　　① 踊跃筑埋：指墓间之事。踊跃，指向死者跳脚号哭，以示哀痛，古代表礼对踊跃是有一定之规的。筑埋，指筑坟埋葬死者。
　　② 居处：居住，这里是使动用法。
　　③ 舍：屋舍，此作动词。
　　④ 市：集市，市场。
　　⑤ 贾人：商人。
　　⑥ 衒(xuàn)卖：叫卖。
　　⑦ 徙(xǐ)：搬迁。
　　⑧ 学宫：学校。古代也叫庠序，夏曰校，殷曰序，周曰庠。
　　⑨ 俎豆：礼器。
　　⑩ 揖让：古人拱手行礼的礼节。
　　⑪ 既学：完成了功课。
　　⑫ 自若：和平常一样。

而废之，是不免于厮役①，而无以离于祸患也。何以异于织绩②而食③，中道废而不为哉。"孟子惧，旦夕勤学不息，遂成大儒。

孟子墓

---

① 厮役：打杂的奴仆。
② 绩：纺织。
③ 食：养家活口。

第二 燕诗白居易(三)

　　梁上有双燕,翩翩雄与雌。衔泥两椽间,一巢生四儿。四儿日夜长,索食声孜孜。青虫不易捕,黄口①无饱期。嘴爪虽欲敝,心力不知疲。须臾②十往来,犹恐巢中饥。

　　辛勤三十日,母瘦雏渐肥。喃喃教言语,一一刷毛衣。一旦羽翼成,引上庭树枝。举翅不回顾,随风四散飞。雌雄空中鸣,声尽呼不归。却入空巢里,啁啾终夜悲。

　　燕燕尔勿悲,尔当返自思。思尔为雏日,高飞背母时。当时父母念,今日尔应知。

---

① 黄口:雏鸟的喙,借指嗷嗷待哺的雏鸟。
② 须臾:一会儿,形容时间之短。

第三　蝴蝶（四）

蝴蝶

菜中青虫，行于草间，自惭形秽，叹曰："我之身，胡如是之卑猥也。"蜿蜒而上竹篱。遇一金色之虫，亦复华丽。睹青虫至，昂然飞去。盖恶而避之也。

虫徐行于篱上之叶，愤然曰："彼不过有双翅耳，恃能飞而骄，欺人太甚。余姑①忍之。"叶慰之曰："君非久居穷困者，一旦变化，岂他虫所能比拟哉！"

虫乃伏于叶上，以丝自缚。未几，若婴儿之束于襁褓。不能屈伸。虫乃悲曰："吁②！若是之困，殆③又甚焉。昔者虽形体猥琐，尚堪自适④。今则举止受缚，如生人⑤埋圹中，坐听其僵而已。天乎！奈何。"叶复慰之曰："否极泰来，理之常也。君

---

　① 姑：姑且，暂且。
　② 吁：感叹词。
　③ 殆：大概，恐怕。
　④ 自适：悠然闲适，自得其乐。
　⑤ 生人：活人。

勿忧,其^①终忍。"

　　不数日,背罅^②脱裂。有物振翼而出,则五彩花纹,斑斓华丽,居然一极美之蝶矣。舞轻风而荡漾,映旭日以蹁跹^③。飞翔自得,顾影而歌曰:"昔何辱兮,今何荣。昔为同类所贱兮,今为所敬。今日之乐兮,由于昔日之能忍。"

---

① 其:表示祈使的副词,犹当,尚需。
② 罅(xià):裂缝,缝隙。
③ 蹁跹(pián xiān):亦作翩跹,形容飘逸旋转的舞姿。

第四　良马对①（二）

　　宋高宗②问岳飞曰：“卿得良马否？”

　　对曰：“臣有二马。日啖③刍豆④数斗，饮泉一斛⑤。然非精洁，即不受。介⑥而驰，初不甚疾⑦，比⑧行百里，始奋迅。自午⑨至酉⑩，犹可二百里，褫⑪鞍甲而不息⑫不汗，若无事然。此其受大⑬而不苟取，力裕⑭而不求逞，致远⑮之材也。不幸相继以死。今所乘

———————

　　① 对：关于……的对话、讨论。
　　② 宋高宗：名赵构，徽宗赵佶的第九个儿子，南宋的首位皇帝。其在位时，宋朝内忧外患益甚。
　　③ 啖（dàn）：吃也。
　　④ 刍豆：拌入了黄豆的草料。
　　⑤ 斛（hú）：古容积单位。唐前一斛为十斗，宋以后一斛为五斗。
　　⑥ 介：指给马披上铠甲。
　　⑦ 疾：跑得快。
　　⑧ 比：及，等到。
　　⑨ 午：古代把中午 11 点到下午 1 点称为午时。
　　⑩ 酉：古代把下午 5 点到 7 点称为酉时。
　　⑪ 褫（chǐ）：脱下，解下。
　　⑫ 息：喘气。
　　⑬ 受大：食量大。
　　⑭ 裕：此处指雄厚。
　　⑮ 致远：指马可行长途。

者,日食不过数升①,而秣②不择粟,饮不择泉。揽辔未安,踊跃疾驱,甫③百里,力竭汗喘,殆④欲毙然。此其寡取易盈⑤,好逞易穷⑥,驽钝⑦之材也。"

高宗称善。

---

① 升:古容积单位。十升为一斗。

② 秣:喂马。

③ 甫:刚刚。

④ 殆:疲惫。

⑤ 盈:充满。

⑥ 穷:乏力。

⑦ 驽钝:平庸低下。

第五　心力并用（二）

　　社会中人，或运心思，或操力役，职业既异，生活自因之而不同。然偏于劳力者，不能不稍用其心；偏于劳心者，亦未容废置其力也。

　　吾国旧时，狃①于习惯。习于劳心者，几以躬亲力役②为可羞，甚至入役③僮奴，出乘舆马，凡所动作，罔④不需人。此不特⑤违反人道，抑⑥亦自陷于文弱矣。

　　夫体以运动而强，犹心以困衡⑦而智。苟偏废焉，其弊立见。故吾人生活，当使心力并用。昔华佗⑧谓吴普⑨曰："户枢⑩不蠹，流水不腐，常动故也。"可知人体亦惟常动，始能日⑪即于健康。彼孔

―――――――――

　　①　狃（niǔ）：拘泥，因袭。
　　②　躬亲力役：亲自参加体力劳动。
　　③　役：役使，差遣。
　　④　罔：无也。
　　⑤　不特：不仅仅。
　　⑥　抑：抑或，或许。
　　⑦　困衡：困于心衡于虑，意为遇到了困惑与想不通的问题。
　　⑧　华佗：东汉末年著名的医学家。与董奉、张仲景并称为"建安三神医"。
　　⑨　吴普：三国时人，曾跟随华佗学医，治病救人。著有《吴普本草》。据说"五禽戏"也是他发明的。
　　⑩　户枢：门轴。
　　⑪　日：一天天。

门设教,射御①与书数同科;西国卫生,休息与服劳并重,殆②亦有取
于是尔。

---

① 射御:射箭与驾车,古代教育所强调的六艺之二。
② 殆:恐怕,大概。

第六　旅行修学记(四)

　　天宇清寥,山光明净。师谓诸生曰:"此旅行修学时也。南郭①之外有草场,纵横数十亩。与诸子往而游戏,可乎?"

　　于是戒期②三日。至期,日光高朗,风不扬沙。晨钟报六下,诸生咸集。衣袴束约,整列如兵队。携行有军乐及球杆、诸戏具。前导者扬国旗,次则学校旗也。履声、乐声,相应不绝。道旁观者相告曰:"此某校学生旅行也。何严整有序若此?"

　　至场,为赛跑诸戏。或掷球、或运杆,互校胜负。一人胜,众鼓掌贺之。围观者莫不赞其艺勇。

　　记者曰:"吾闻外国小学校,每于秋日,作郊外行。其学生每校至一二千人。其出也,各衣制服,列队俨然。旗帜摇扬,鱼贯而前。昂胸挺干,步伐有章。教员杂其间,督护之。其过街衢也,连亘久之不绝。时则他校学生之驻视③者,亦纵横塞道旁。呜呼!盛矣。然旅行郊野之旨,将使诸生揽山川之胜,察草木鸟兽之形态,与农牧之事业,所以修其天然之学术也。岂第为游戏而出,炫耀路人之耳目哉?"

---

①　郭:城墙。
②　戒期:定好了日期。此指把日期定在三天以后。
③　驻视:停下来围观。

第七　渑池之会①（三）

赵王与秦王会于渑池。秦王饮酒酣，曰："寡人窃闻赵王好音，请奏瑟。"赵王鼓瑟。秦御史②前书曰："某年某日，秦王与赵王会饮，令赵王鼓瑟。"

蔺相如前曰："赵王窃闻秦王善为秦声，请奉盆缻③秦王，以相娱乐。"秦王怒，不许。于是相如前进缻，因跪请秦王。秦王不肯击缻。相如曰："五步之内，相如请得以颈血溅大王矣。"左右欲刃相如。相如张目叱之，左右皆靡④。于是秦王不怿⑤，为一击缻。相如顾⑥召赵御史书曰："某年月日，秦王为赵王击缻。"

秦之群臣曰："请以赵十五城，为秦王寿。"蔺相如曰："请以秦之

---

①　本篇节选自《史记》卷八一《廉颇蔺相如列传》。渑池：位于河南省西部，仰韶村所在地。西周时为雒都（今洛阳）之边邑，秦时置县。周赧王三十六年（前279），秦赵会盟于西河外渑池。

②　御史：先秦的天子、诸侯、大夫、邑宰皆置"史"，是负责记录的史官、秘书官。秦朝以后，御史成为专门负责监察各级官员的官职。

③　缻(fǒu)：土陶烧制的容器，也被用作打击乐器。李斯说："击瓮叩缻，真秦之声也。"是说秦的文化曾经大大落后于三晋。蔺相如要秦王亲自击缻，有以牙还牙、羞辱秦王的意思。

④　靡：退下，散开。

⑤　怿：欢喜，高兴。

⑥　顾：回头。

咸阳，为赵王寿。"秦王竟酒①，终不能加胜于赵。赵亦盛设兵以待秦，秦不敢动。

---

① 竟酒：喝光了酒，指盟会散席。

第八　嵩山①(二)

嵩山,距密县②五十余里。下有岳庙③,宏敞壮丽。其北有少林寺,宽闲幽邃,形胜天然。去寺二里许,有达摩④面壁⑤处。旁一石,有纹如僧趺坐⑥状,俗谓为九年面壁影。盖此石出自水中,水中之石,为波荡漾,久而作人物花鸟形者甚多。则此偶然似僧耳。

嵩西少室⑦诸峰,雄峭秀耸,摩天拔地。卢⑧岩瀑布,水势雄伟,如长河倒挂,诚壮观也。过天门⑨,双峰中断,风云出入其间。更

---

①　嵩山:五岳之一,西周时定为中岳。位于河南省西部,北瞰黄河、洛水,南临颍水、箕山,东通郑汴,西连十三朝古都洛阳,是古京师洛阳东方的重要屏障。

②　密县:古县名,今新密市。位于河南省中部,嵩山东麓,在郑州西南四十公里处。

③　岳庙:即中岳庙。位于嵩山南麓的太室山脚下,原为祭祀太室山神的场所,是五岳中现存规模最大、保存最完整的古建筑群。

④　达摩:菩提达摩的简称。南北朝时的禅僧,南印度人,通大乘佛法。北魏时,曾在洛阳、嵩山等地传授禅教,为禅宗的创始人。

⑤　面壁:在佛教中指面对墙壁默望静修。

⑥　趺(fū)坐:盘腿而坐。

⑦　少室:山峰名,因山中有石室而得名,位于今河南省登封县西北,属嵩山。东与太室山相对,上有三十六峰。

⑧　卢:黑色。

⑨　天门:唐代诗人宋之问《嵩山天门歌》曰:"风生云起,出鬼而入神。"

上,至中峰之顶。又上,乃至绝巅。游目尽数百里,始知嵩山之高,信无与偶①。尊严雄杰,尤为特出也。

---

① 偶:指匹敌者。

第九　图书馆(二)

善哉！图书馆之制也。储书万卷，标以牙签①。客欲观书，代为检取。知识之灌输既便，孤寒②之沾丐③尤多。欧美各都会，设立者盖难偻指④计也。

我国昔时，亦有藏书楼焉。其公者，如文澜⑤、文汇⑥。其私者，如汲古⑦、尊经⑧。卷帙浩繁，夙推渊薮⑨。然而封锁终年，蠹鱼⑩侵蚀，琅嬛福地⑪，谁获详窥。所谓嘉惠艺林⑫，亦徒存虚语耳。

---

① 牙签：指系在书卷上作为标识以便翻检的象牙、兽骨等制成的签牌。
② 孤寒：出身贫寒的人。
③ 沾丐：受益。
④ 偻指：屈指。
⑤ 文澜：清代专贮《四库全书》的藏书阁之一，乾隆年间就杭州孤山因圣寺藏书堂改建。
⑥ 文汇：清代专贮《四库全书》的藏书阁之一，乾隆年间建于扬州天宁寺。
⑦ 汲古：明末清初常熟文人毛晋藏书阁名。收藏珍籍秘本八万四千册，多宋元刻本。
⑧ 尊经：中国古代，凡省郡县学，均设尊经阁，以珍藏御赐书籍或儒家经典，以示"尊崇经术"。如都江堰文庙，也称尊经阁，为藏书之所。
⑨ 渊薮(sǒu)：根源，根本之所在。此句意为很早就被公认为是珍贵的书籍聚集之所在。
⑩ 蠹鱼：书中的蛀虫。
⑪ 琅嬛(láng huán)福地：元代伊世珍《琅嬛记》中所谓的仙人所居且藏书丰富的洞府。
⑫ 嘉惠：施与恩惠。

通商以后,外人始设图书馆于上海。其后内地渐行自办。近更规定于地方自治条款中。但绌①于经费,购集不易。各地藏书家,诚②能举其所有,储之馆内,则物以类聚,搜集必丰。彼嗜书之子,朝夕来游,必有因之学成者。其影响于风俗人才,宁有量耶③?

---

①　绌(chù):不足。
②　诚:假如,如果。
③　宁:难道。

第十　博物院(三)

　　人之智识,皆由精思博览而来。然人生不过数十寒暑,欲以一人之力,遍览世界之奇,必不可得。虽研究之资①,简册具在,而徒读其书,无实迹以相证,所得者率皆恍惚。终不如睹其物,抚其器,亲切有味也。欧美各国,搜集古今物品,列于一室,纵人观览,谓之博物院,其以此欤。欧洲十七世纪以前,无所谓博物院也。自拿破仑以战胜品陈于巴黎,以彰武功,遂为博物院之嚆矢②。自是以后,语声名文物之盛者,群推巴黎。而巴黎之罗布博物院③,规模宏大,珍奇毕具,且居世界第一焉。以我国疆域之广,开化之早,顾鲜有起而图之者。以视欧人,能无愧乎?

---

① 资:资料,凭借。
② 嚆(hāo)矢:响箭,常用于比喻事物的开端、先声。
③ 罗布博物院:即卢浮宫博物馆。

第十一　保存古物(三)

　　今试与人述祖德,数家珍,未有不津津乐道也。非必以此骄人也。孰为先代所留贻,孰为平生所搜集,挚爱所存,宜其一启口间,自然流露,而不自觉焉。

　　由此推之,古物之关系,其不止于一身一家者,乃弥足珍矣。大之如钟鼎、彝器①,小之如图书、碑版②,以及美术工艺诸品,流传千载,以罕见珍。既足发思古之幽情,又可考当时之文化。一经摩抚,能令国民爱国之心,为之勃发。其影响所及,正不徒睹乔木③而尊故国也。

　　吾国开化最早,古物较多,历代恒爱护之。自海禁④既开,乃有因战事之损失,私人之不能保存,散佚入他国者。此其事岂细故⑤哉?古物者,古代文物之遗,即先民精神所寄也。听其散佚,则国民之精神,亦将随之而沦丧。亟宜善自珍藏,或筹设博物院之类,公共保存之。庶有合于爱国之义尔。

----

　　①　彝器:中国古代青铜祭器的通称。彝为酒器,古代宗庙用作祭器。
　　②　碑版:泛指碑碣上所刻的志传文字。
　　③　乔木:形容故国或故里的典实。
　　④　海禁:清朝立国以来,就一直厉行闭关政策。清初的海禁竟然"无许片帆入海,违者置重典"。其后,开开禁禁,直到鸦片战争帝国主义列强入侵。清廷与侵略者分别缔结了大量不平等条约,割地赔款,开放通商口岸,被迫开了海禁。
　　⑤　细故:细小而不值得计较的事,琐事。

第十二　村人易靴(三)

村人某,有美靴,着之有年,未敝而厌之。将鬻①之于市,以其价别置新者。

一日,告其妻,携银币十,昂然入城。中途,见有人挟靴而来。村人迎,谓之曰:“以吾靴易而②靴,可乎?”其人以靴互较衡,值不称③。更索三银币,乃肯交易。村人从之。

行数十武④,足渐痛楚。思更易之。适又遇一携靴者。乃仍以银币三枚,与之相易。不意是靴之劣,更甚于前。彳亍⑤道中,若受羁绁⑥,恚⑦甚。自忖曰:“吾向者易靴,未及度之以足。削足适屦,宜其病也。此后当留意。”

未几,复遇有挟靴过者。村人亟⑧招之曰:“吾靴苦窄,君靴如何?”试之足,修短合度。大喜,谓之曰:“君能相易否?罄⑨吾囊以

---

① 鬻(yù):卖。
② 而:尔,你的。
③ 值不称:指两双靴子的价值不对等。
④ 武:半步,泛指脚步。
⑤ 彳亍(chì chù):慢步行走,走走停停。
⑥ 羁绁:捆绑。
⑦ 恚(huì):生气,愤怒。
⑧ 亟(jí):急切,赶忙。
⑨ 罄:倾尽。

偿可也。"其人首肯,予以四银币而易焉。

　　着之足,果甚适,芒芒然①归。翘其足以示妻,曰:"何如? 吾费十金得之,胜于故靴多矣。"妻熟视,疑之,曰:"殆②即故靴。"脱而视其里,则旧识③在焉。村人爽然④若失。

---

①　芒芒然:这里指累得晕晕乎乎的样子。
②　殆:恐怕,可能。
③　识:标记。
④　爽然:沮丧的样子。

第十三 矿产(二)

《周官》有卝人①。汉诸郡国出铜铁之地,皆设专官。当时重矿业如是。后世政事苟简②,弃货于地,官亦省③不置。明代宦者用事,假矿④以扰民,苛役重税,海内骚然,益悬为厉禁⑤。

及清代互市⑥而后,谋国者始竞言开矿。数十年来,成效亦稍稍著矣。然地不爱⑦宝,其蕴蓄于崇崖深壑中者,尚不可以亿兆计也。

夫生人利赖⑧,资于矿产者甚多。惟莫⑨为开采,斯民坐困⑩而国患贫耳。诚使集资从事,或利用外资,以辟此无穷之宝藏。则裨⑪益于国计民生者,宁有涯涘耶?

---

① 卝(kuàng):"矿"字的古体。《周礼·地官》中的卝人,是掌管开矿、冶炼的官员。
② 苟简:苟且草率的意思。
③ 省:忽略。
④ 假矿:借口办矿。
⑤ 悬为厉禁:明令严禁。悬,出告示颁布法令。
⑥ 互市:犹今日之所谓双边贸易。
⑦ 爱:吝啬,小气。
⑧ 利赖:依靠且赖以生存者。
⑨ 莫:没有人。
⑩ 坐困:因而困窘。
⑪ 裨(bì):裨益,好处。

第十四　磁石（二）

磁石

磁石为一种矿物，形色重量，与铁相似。然有特性，能吸铁，故俗名之曰吸铁石。

剖析鑢治①，以之作针②。平投水面，浮置盘中，皆自能旋转。必直指南北而后定。说者谓地球南北极，亦有吸铁性，实一大磁石也。

舟行海中，恃此以知方向。但有时或偏，有时或乱，有时舟中载铁过多，亦或相引而生差忒③。察其变更，因④为矫正。故航海家非明磁性不可。

又有人造磁石者。取最纯之钢，以磁石摩之，则磁性传入于钢，亦能吸铁，亦能指南，与天然磁石，无纤毫之异。

---

① 鑢（lǜ）：打磨。鑢治，打磨制作。
② 针：此指针。
③ 差忒：差错。
④ 因：然后，接着。

第十五　北极之鸟（二）

　　北海之滨，有小鸟焉，翅短而善飞，常千百成群，聚于一处，时①飞向北极结冰之区。

　　其地广数千里，无居人。岁分两季，六月为昼，六月为夜。一岁之中，积雪不化者八阅月②。其四月，则花草烂漫，遍生野果，阅半岁乃熟。

　　是鸟也，若俟③果熟而食，必皆饿毙。幸去岁已熟之果，被雪封裹，不致腐坏。积雪融化时，此鸟适至，即食之以充饥。

　　又有一种鸟，专食微虫以为生。彼处虫飞薨薨④，布满空际。鸟张口即得，不劳捕捉。

　　北极苦寒，彼微鸟，尚能独立以营食。可以人而不如鸟乎？

---

① 　时：以时，在一定的时候。
② 　阅月：过一个月。八阅月，就是过八个月。
③ 　俟(sì)：等待。
④ 　薨(hōng)薨：成群的昆虫在一起飞时发出的声音。

第十六　农业(三)

农业为兴国之本。故各国之执政者,皆以振兴农务为急。今欧美列强,号称富国,说者以为制造贸易所致,不知其国中讲求农学,精进无已,较之我国重农贵粟之意,实有过之也。

法王亨利第四①,有相曰须利②。尝语人曰:"田野草场,我国之命脉,犹秘鲁之金矿也。"一时推为名论。然其言犹未切至也。盖田野草场,其可贵实过于金银。不然,墨西哥产银,秘鲁产金,何以不成第一等富国乎?

世间操业之人,其数皆有限制。如官有常员,兵有定额,不能增多。独农工两业,多多益善。盖农所以生物,工所以成物,物愈多则利愈溥③也。而制造之料,必取给于种植之物,则农更为工之本矣。

况乎耕种之事,与身心皆有裨益。凡业农④者,其气体多壮健,其性情多朴质而和易。故农者,业之最可贵者也。人岂可鄙视之哉!

─────────

① 亨利第四:即波旁王朝的创建人亨利四世,1594 年加冕为法国国王。他以名言"要使每个法国农民的锅里都有一只鸡"而流芳后世。

② 须利:也译作苏利,亨利四世朝的首相。他奖励农业和畜牧,主张产品自由流通,制止破坏森林,推动筑路和排水工程,并计划修建庞大的运河网,加强军事机构,指导边防工事的建设,为宗教战争后法国的恢复作出了重大贡献。亨利四世遇刺以后,他也退出了政坛。

③ 溥(pǔ):广大。

④ 业农:从事于农业生产。

第十七　蚕桑（三）

　　吾国以蚕丝之国闻于世界者，几二千年矣。海通以来，西人尤重视之。估①舶东来，争相购取。丝、茶二者，遂为出口之大宗。今虽输出之额，渐不如前，然语其产额，固犹在世界甲乙之列也。

　　特是天下之事，不进则退。彼日本、意大利之育蚕，法兰西之丝织，初未有名也。得其法于我，而益加改良焉。饲养之法，织造之工，事事皆精益求精，出奇制胜。而我之大利，遂渐为所夺矣。天产虽美，仍不能无待于人工。信哉！

　　不宁惟是②。欲通商于异国者，不但当求物品之精良，而兼当考求其好尚。吾国之丝及织物，其质量未必遽劣也。特以西人之好尚与我不同，而销数遂不免日绌③。今者洋绸洋缎，销场年盛一年。不惟我国之丝织品不能畅销于异邦，而异邦之丝织品且日④灌输于我国矣。可胜叹哉！

---

①　估：通"贾"。估舶，指商船。
②　不宁唯是：不仅如此，还有更重要的问题。
③　绌：减少，减损。
④　日：一天天。

第十八 永①某氏之鼠 柳宗元(二)

永有某氏者,拘忌②异甚。以为己生岁值子③。鼠,子神也。因爱鼠,不畜猫。禁④僮仆勿击鼠。仓廪庖厨,悉以恣鼠,不问。由是鼠相告,皆来某氏,饱食而无祸。

某氏室无完器,椸⑤无完衣,饮食大率鼠之余也。昼累累与人兼行,夜则窃啮暴斗,其声万状,不可以寝,终不厌。

数岁,某氏徙居他州。后人来居,鼠为态如故。其人恶之,乃假五六猫,阖门撤瓦⑥灌穴罗捕之,杀鼠如丘。

呜呼!彼以其饱食无祸为可恒也哉?

---

① 永:指柳宗元的流放地永州。
② 拘忌:拘束顾忌。
③ 生岁值子:出生的那一年正值子年。
④ 禁:禁令。
⑤ 椸(yí):衣架。
⑥ 撤瓦:换瓦。

第十九　习惯说刘蓉①（二）

　　蓉少时，读书养晦堂之西偏一室。俯而读，仰而思。思有弗得，辄起绕室以旋。室有洼，径尺，浸淫日广。每履之，足苦踬焉，既久而遂安之。

　　一日，父来室中。顾而笑曰："一室之不治，何以天下家国为？"命童子取土平之。后蓉复履其地，蹴然以惊，如土忽隆起者。俯视，地坦然，则既②平矣。已而复然。又久而后安之。

　　噫！习之中人甚矣哉。足之利平地而不与洼适也。及其久，则洼者若平。至使久而即乎其故，则反窒焉而不宁。故君子之学，贵乎慎始③。

---

　　①　刘蓉（1816—1873）：字孟容，号霞仙。桐城派古文家，曾做过曾国藩的幕客，代表作为《养晦堂诗文集》等。

　　②　既：已经。

　　③　慎始：意思是一开始就慎重。这里指一开始就应该养成一个好的学习习惯。

第二十　小孤山（三）

　　小孤山介宿松①、湖口②之间，崛然屹立于江心。石壁嶙峋，孤峻耸直。江流遇之，劈分为二，环绕旁趋。盖江汉③自大别④合流而东，至此⑤数百里。有此足以蓄⑥上流之气⑦，而启下流之门户也。

　　山势壁立不可登，僧架屋其间。垒石为磴道⑧，曲折可上。山不甚高大，以踞于江中，四顾无所倚附。又其形峭直，无可以容树木之荫翳，园林之宏丽。盖微特⑨不倚附于物也，即物亦不得而倚附之，故其名为孤焉。

---

　　①　宿松：县名。位于安徽省西南部、长江中下游北岸，邻接湖北、江西两省。

　　②　湖口：县名。隶属于江西省九江市，位于长江中下游南岸。因位于长江与鄱阳湖唯一交汇口而得名。湖口县至长江入海口为长江下游。

　　③　江汉：指长江与汉水。

　　④　大别：即大别山。《尚书·禹贡》："嶓冢导漾，东流为汉；又东为沧浪之水；过三澨，至于大别，南入于江。"意思是从嶓冢山疏通漾水，向东流叫汉水；又向东流，叫沧浪水；经过三澨，到达大别山，向南流入长江。一说大别指长江、汉水长久的分流。《水经注》"西汉水南入嘉陵道为嘉陵水"，如果认定西汉水、嘉陵江、汉水同源，那么，长江和汉水的"大别"就可以理解了，因为汉水在武汉才汇入长江。

　　⑤　此：指长江下游的起始处湖口。

　　⑥　蓄：积聚，蓄积。

　　⑦　气：指江水的气势。

　　⑧　磴道：岩石上凿出的登山石径，用石块叠造的石阶。

　　⑨　微特：不但，不仅仅。

　　然江岸远近诸山，对之皆如拱揖①，不敢与抗。登其上，望风帆之上下，听波浪之奔趋，风景胜概②，昕③夕百变，皆若为兹山所有也。

小孤山

---

①　拱揖：拱手行礼。

②　胜概：美景胜境。

③　昕：太阳升起的时候，黎明。

第二十一　记兰戴名世①（二）

　　兰为国香。东南山泽间多产之。当春深时，幽岩曲涧，窈然自芳。然往往有虫啮之，自其华初生时，辄被啮而萎。即幸而自发荣，亡何②，又辄萎。其幸得脱者，仅十二三③焉。而众草蒙翳④，条达畅遂⑤，无有害之者。

　　岁己未⑥，余读书山中。每晨起，辄捕虫，投之涧水，漂没以去。于是兰遂大盛，每卧苔藉草⑦，盖幽香未尝不入吾怀也。而产于遐荒绝壑，不遇好事者之爱惜，而制⑧于毒虫恶物，以阻其天⑨者，岂⑩少也欤。

---

　　①　戴名世（1653—1713）：字田有，桐城人，清散文家。康熙五十年，因其《南山集》中录有南明桂王时史事，被御史赵申乔参劾，以"大逆"罪下狱，两年后被处死，时年六十岁。

　　②　亡何：没多久，过不了多久。

　　③　十二三：十分之二三。

　　④　蒙翳：遮蔽，掩盖。

　　⑤　条达畅遂：指兰花的茎叶长得好。

　　⑥　己未：应指 1679 年，戴名世这一年二十六岁。

　　⑦　卧苔藉草：指躺在山石与草丛中。

　　⑧　制：受制。

　　⑨　天：指生长，生命。

　　⑩　岂：难道，表示反问。

第二十二　兄与弟论传染病书(四)

　　昨得手书。知薛君弘仁，新自德国医科大学毕业归。可喜可
贺。又闻薛君以天痘①盛行，劝村人遍种牛痘②，而村人皆不之信。
此大误也。天痘与霍乱、赤痢、伤寒、发疹③、猩红热、白喉、鼠疫，并
称为八大传染病。来势极猛，较诸肺痨等，虽属剧烈，犹得从容施治
者，为患尤甚。而此八种传染病中，则天痘之杀人为尤多。然在今
日，文明诸国，几于绝迹者，则种痘之赐也。种牛痘之法，发明于英
医爱特槐脱④氏。借牛身抗毒之质，以御病菌，与我国之种人痘⑤

---

　　①　天痘：即天花。是由天花病毒感染人引起的最古老也是死亡率最高的传染病
之一，现在已经基本绝迹。该病主要表现为严重的病毒血症，高热、寒战、浑身疼痛，皮肤
会成批依次出现斑疹、丘疹、疱疹、脓疱，最后结痂、脱痂，遗留痘疤。最基本有效而又简
便的预防方法是接种牛痘。
　　②　牛痘：牛痘病毒与天花病毒具有相同抗原性质，人接种牛痘疫苗后，也可同时
获得抗天花病毒的免疫力。18世纪后，牛痘用作免疫接种以预防天花，也是免疫接种的
首度成功案例。
　　③　发疹：即麻疹。是儿童最常见的急性呼吸道传染病之一，传染性很强。常并发
呼吸道疾病如中耳炎、喉—气管炎、肺炎等。目前尚无特效药物治疗。我国自1965年，
开始普种麻疹减毒活疫苗后，发病率显著下降。
　　④　爱特槐脱(Edward Jenner,1749—1823)：英国医生，以研究和推广牛痘疫苗，预
防天花而闻名。被称为免疫学之父。
　　⑤　种人痘：把天花患者的痘浆接种于人使其产生免疫力，以预防天花。但有不确
定性，可能引起严重反应。

者,其理实同。但种人痘者,无异使出天痘一次,不如牛痘法之完善耳。牛痘抗毒之力,不过数年。人痘较久,亦非永存。故一人必须种至数次。谓一经施种,便可终身无患者,妄也。望以此意遍告之。

薛弘仁施种牛痘

现在天痘传染甚盛,无论已未种过人痘及牛痘者,均应从速施种,以免危险。弘仁为利便桑梓①起见,特定施种办法如左:

一　每日上午八时至十一时,下午一时至四时,在舍间施种。每人收回痘苗费银二角,实系贫苦者免收。

一　四时以后出外施种,每痘苗一支收回费银五角。

薛弘仁谨白

---

① 桑梓:人们喜欢在住宅周围栽植桑树和梓树,后来便也用来指代家园、家乡。

第二十三　弟复兄论传染病书(三)

　　奉赐书,畅论传染病之理,若别黑白而数米盐,喜甚。弟在校受课,久闻教师言,霉菌①为各种传染病之源,惜乎未经实验。读兄书,益怦然心动。乃走访薛博士,求其试验一观。薛博士取现今蔓延最广之结核菌,置显微镜中,令弟观之。则见其状如细杆,两端略圆,或为直线形,或稍弯曲,其长不过赤血球四分之一耳。以如此微细之物,而其杀人乃至占世界死亡数七分之一,岂不异哉? 迩来②文明各国,以防疫为要政。对于患者隔绝之密,其所居之室、所用之器消毒之严,非无故矣。村人经弟及薛博士劝导后,于种牛痘信者渐多,亦可喜也。

---

　　① 　霉菌:形成分枝菌丝的真菌的统称。当时人尚未区分病毒与真菌、细菌,所以说霉菌为各种传染病之源。

　　② 　迩(ěr)来:近来,近年来。

第二十四　瞽者①（三）

瞽者

昔印度某村，有瞽者四。自谓能识微辨隐，人亦以智者目之。

一日，四人立道左，聚而谈。有声跫然②至，询诸人，知为象也。其一人曰："象之形究何若。吾曹向者③逞④其臆度⑤，今可以证矣。"众曰然，于是相继至象前，扪其体，以测其形焉。

四人者。一颀⑥而伟，扪及象身之侧面，上下左右，摩挲殆遍，觉坦然无边际也。一短而小，拊象之前足。第三人则握象鼻。第四人仅触象齿。

既而各举其所接触者，以断象之形似。颀而伟者曰："象之形，

---

① 瞽者：失明的人。
② 跫（qióng）然：形容咚咚的脚步声。
③ 向者：过去，以前。
④ 逞：卖弄。
⑤ 臆度：主观猜测。
⑥ 颀（qí）：长得高。

盖若墙也。广而平,高岸然也。"短而小者起斥之曰:"象之体若树干,汝以为墙,不亦谬乎?"握象鼻者曰:"象之形似,非墙非树,有类水管。"第四人前致词曰:"汝三人者,何其懵无所识,而拟①于不伦②也。夫象,坚如木,润如玉,触手可爱,直一长梃③耳。"

　　四瞽嚣然④辩,纷呶⑤不已。而旁观者已哑然失笑。

_____

①　拟:比较,比拟。
②　不伦:非类。
③　梃(tǐng):木棍,木棒。
④　嚣然:这里意为声嘶力竭地。
⑤　纷呶(náo):纷乱喧哗。

第二十五　报章（二）

　　足不出户，而闻见所及，无远弗届①；日费数钱，而五洲大事，毕呈座右者，果何道而得此耶？曰：是在阅报。

　　智识以交换而完全，学术以切磋而进步。当闲居乡里，无所接触，欲扩张其智识，而洞明乎学术，果何道而得此乎？曰：是在阅报。

　　盖报章所以布告新闻，介绍学问者也。自通都大邑②，以及遐方③异域，莫不有报馆之访员。访员传达消息于报馆，报馆汇而录之。于是世界大事，萃于一纸矣。

　　苟不阅报，则内政之兴革不知也，外交之情势不知也，乃至学术之新发明，社会之新事业，举不知也。将何以免于夏虫、井蛙之诮④耶？

---

① 届：到达。
② 通都大邑：四通八达的大都会、大城市。
③ 遐方：遥远的地方。
④ 夏虫、井蛙之诮（qiào）：夏虫，夏天的虫子，《庄子·秋水》"夏虫不可以语于冰者，笃于时也"。井蛙，井底之蛙，《庄子·秋水》"井蛙不可以语于海者，拘于虚也"。人如果生活在闭塞的环境里，也不看报，那么就和夏虫、井蛙差不多了。诮，这里指受到嘲笑。

第二十六 蚁战_{薛福成①}(二)

阶前两蚁穴,东西相望。天将雨,蚁背穴而斗。西蚁数赢什五^②,东蚁败。乘胜蹙^③之,将傅垒^④矣。东蚁纷奔告急。遽出穴,如潮涌,济师^⑤可三倍,逆^⑥诸础下^⑦。相龁^⑧者,相禽者,胜相嗾^⑨者,败相救者,相持僵毙不动者,沓^⑩然眩目。西蚁伏尸满阶,且战且却。

又有蚁自穴中出,向东蚁若偶语^⑪者,盖求和也。东蚁稍稍引退。西蚁亦分道收尸。明日视之,则西蚁徙^⑫穴益西,无敢东首^⑬

---

① 薛福成(1838—1894):字叔耘,号庸庵,清末散文家、外交家。民族资本主义工商业的发起者,洋务运动的主要领导者之一。

② 赢什五:指西边的蚂蚁数量超过东边百分之五十。

③ 蹙:逼迫,追逼。

④ 傅垒:傅,迫近,靠近;垒,指蚁穴地表上的小土堆。

⑤ 济师:援军,援兵。

⑥ 逆:迎战。

⑦ 础下:台阶下。

⑧ 龁(yǐ):啃咬。

⑨ 嗾(sǒu):意为教唆、指使别人做坏事。这里可理解为,胜的一方呼朋唤友、一拥而上。

⑩ 沓(tà):众多,重叠。

⑪ 偶语:双方交头接耳、对话。

⑫ 徙:搬迁,移动。

⑬ 首:向着。

者矣。

夫蚁，智相若，力相等。两阵交锋，数多者胜。蚁似能用其众者。然倏忽之间，而胜负异焉，则一胜乌足恃哉？

第二十七 鸡助薛福成(二)

　　院中畜两鸡。其一,赤羽高足。其一,白羽朱冠。每晨争食,鼓翼怒目,蹲相向者良久。俄闻肃然有声,方丈之内,风起扬尘,腾踢奔啄,皆血淋漓染翮距①,犹不退。然白羽气少惫矣。余惧其两毙也,呼僮执之,分系于庭之槐。

　　一日,邻鸡啄食其旁。赤羽余怒未渫②,乘间③自断其系,与邻鸡斗。疾力④负重伤,损一目,创半月不愈。余命并释白羽者。自是赤羽遇敌即逃,而白羽竟称雄院中,食必餍⑤所欲乃已。

　　异哉! 赤羽一挫其威,至令弱敌增气,可为好斗者戒也。然使白羽不获邻鸡之助,则无以雄⑥其侪⑦。赤羽好斗很⑧不已,以陨其胆,其亦自取哉。

---

① 距:鸡爪的后趾,也被称作鸡的附足,鸡互斗时,用它刺对方。
② 渫(xiè):意为发泄。
③ 乘间:趁空子,乘机。
④ 疾力:打得又快又拼命。
⑤ 餍(yàn):餍足,满足。
⑥ 雄:称雄。
⑦ 侪:同类,同辈。
⑧ 斗很:斗狠,好斗的意思。

第二十八　赤壁之战①（三）

　　周瑜等进②。与曹操遇于赤壁③。时操军引次④江北，瑜等在南岸。瑜部将黄盖曰："今寇众我寡，难与持久。操军方连船舰，首尾相接，可烧而走⑤也。"

　　乃取蒙冲⑥斗舰十艘，载燥荻枯柴，灌油其中，裹以帷幕，上建旌旗。豫备走舸，⑦系于其尾。先以书遗操，诈云欲降。时东南风急，盖以十舰居前，中江⑧举帆，余船以次俱进。操军吏士，皆出营立观，指言盖降。去北军二里余，同时发火。火烈风猛，船往如箭。烧尽北船，延及岸上营落。顷之，烟炎涨天，人马烧溺，死者甚众。瑜等率轻锐继其后，雷鼓大震，北军大坏。

----

　　①　本篇节选于《资治通鉴》卷六五，吕先生略有改动。

　　②　周瑜等进：是说周瑜、程普、鲁肃等人发兵。

　　③　赤壁：杜佑曰：赤壁在鄂州蒲圻县。《武昌志》：曹操自江陵追刘备至巴丘，遂至赤壁，遇周瑜兵，大败。赤壁山，在今嘉鱼县，对江北之乌林。巴丘，今巴陵。

　　④　引次：退而驻扎的意思。引，退也；次，驻扎。

　　⑤　走：逃跑。

　　⑥　蒙冲：中国古代具有良好防护功能的进攻性快艇，又作艨冲、艨艟。东汉刘熙《释名·释船》载："外狭而长曰蒙冲，以冲突敌船也。"可见蒙冲船形狭而长，航速快，专用以突击敌方船只。

　　⑦　豫备走舸：预先准备好可以逃离的小船。

　　⑧　中江：江流的中央。

第二十九　兵器(三)

　　太古战具,木石而已。稍进,然后知用金。弓矢戈矛,所以杀敌。被甲蒙胄,则所以自卫也。自有枪炮,而弓矢不足以言远,戈矛不足以言利,高城深池,且不足以言固,而甲胄无论①矣。

　　火器之发明,本出我国。元人西征②,始自阿剌伯传入欧洲。欧人研以科学,制造日精。今炮之大者,口径至四十二生的③。枪之速者,一分钟至六百发。而又海底则伏以潜艇,空中则瞰以飞机,其杀人之烈,诚非古人所能梦想矣。

　　然兵器虽精,而最后之胜负,仍恃乎白刃之相接。故枪之端,仍傅以刺刀,所以便击刺也。昔人云战以勇为本,岂不信哉?

---

　　①　无论:更不用说。
　　②　元人西征:即公元1219年至1260年蒙古人的三次西征,成吉思汗与他的儿孙们一直打到了欧洲。至元二年(1265)十月,元世祖忽必烈追尊成吉思汗庙号为太祖。三年十月,太庙建成,制尊谥庙号,元世祖追尊成吉思汗谥号为圣武皇帝。八年,忽必烈将国号"大蒙古国"改为"大元"。
　　③　生的:即生的米突的省略,英语 centimetre 的音译,意为厘米、公分。

十二时(吋)径攻城炮

大炮弹

第三十 贸易(二)

生人①之初,不知贸易也,人各自营②而已。渔猎时代之民,有善为弓矢网罟者,以其弓矢网罟,易人之禽兽鱼介③,方之自猎自渔,所得为多。彼乃专于弓矢网罟之业,与人交易,以给其生。此贸易所由始也。

厥后知牧畜矣,知树艺④矣。或有牛羊而无米麦,或有米麦而无牛羊,于是各出所余以相易。然直接交易,虽可通功易事⑤,以羡⑥补不足,而一日所需,米麦必求之力田者,牛羊必求诸养牲者,而孰羡孰不足,又非己所能具知,即仆仆⑦道途,以求相与易者,尚不可必得也。劳力费时,不便莫甚。势之所趋,不能不有人焉,以为之媒介。而贸易之事,遂独立为一业矣。

---

① 生人:有人类历史。
② 自营:自己谋生,自给自足。
③ 鱼介:泛指鱼类和有介甲的水生动物。
④ 树艺:种植栽培之方法。
⑤ 通功易事:分工合作,互通有无,拿多余的换没有的。《孟子·滕文公下》:"子不通功易事,以羡补不足,则农有余粟,女有余布。"
⑥ 羡:有余,丰裕。
⑦ 仆仆:奔走劳顿貌。

第三十一　商战（三）

　　自海道大通，列国商业，互相竞争，论者称为商战。货物者，战之器械也。公司者，战之队伍也。邮电者，战之侦探也。舟车以运战器，保险以防战败。规画周详，无异兵家之谋定。而农工之业，改良仿造，以期胜利，其后劲①也。

　　兵之为战，胜负显然。商战之胜负，则局外每多不觉。而影响及于国计民生，较诸失地丧师，为尤甚。且兵战不能持久，商战则日日行之，无有已时。故商战之方略，与兵战同。商战之结果，其可危可惧，乃甚于兵战焉。

　　我国商业，日趋衰落，固曰战之罪也。然苟有善商者出，一鼓作气，奋勇而前。以国家物产之饶，即商人凭借之厚。世界之大，何往非英雄用武之地哉？

---

　　①　后劲：指发展之后续力量。

第三十二　漆贾 刘基①(二)

　　虞孚问治生②于计然③先生,得种漆之术。三年,树成而割之,得漆数百斛,将载而鬻诸吴。

　　其妻之兄谓之曰:"吾常于吴商。知吴人尚饰,多漆工,漆于吴为上货。吾见卖漆者,煮漆叶之膏以和漆,其利倍,而人弗知也。"虞孚闻之喜,如其言,取漆叶煮为膏,亦数百瓮,与其漆俱载以入于吴。

　　时吴与越恶,越贾不通,吴人方艰④漆。吴侩⑤闻有漆,喜而逆⑥诸郊,道⑦以入吴国,劳而舍⑧诸私馆。视其漆,甚良也。约旦夕以金币来取漆。

----

　　①　刘基(1311—1375):字伯温,浙江人。元末明初军事家、政治家、文学家,明朝开国元勋。佐朱元璋平天下,以神机妙算、运筹帷幄著称于世。

　　②　治生:经营之道,养家活口的技能。

　　③　计然:字文子,春秋时葵丘濮上人。博学无所不通,尤善计算。曾南游于越,范蠡师事之,用其策治家成巨富。

　　④　艰:欠缺、匮乏之意。

　　⑤　侩:以拉拢买卖,从中获利为职业的人。

　　⑥　逆:迎接。

　　⑦　道:导也。

　　⑧　舍:安顿。

虞孚大喜。夜取漆叶之膏,和其漆以俟。及期,吴侩至,视漆之封识新,疑之,谓虞孚改约,期二十日。至则其漆皆败矣。虞孚不能归,遂丐而死于吴。

第三十三　樵夫陶匠黄宗羲①(三)

朱恕,字光信,泰州人,樵薪养母。一日,过王心斋②讲堂。歌曰:"离山十里,薪在家里。离山一里,薪在山里。"心斋闻之,谓门弟子曰:"小子听之,道病不求耳,求则不难,不求无易。"樵听心斋语,浸浸有味。于是每樵,必造③阶下听之。饥则向人家乞浆,解裹饭以食。听毕,则浩歌负薪而去。自后刻苦求学,遂成儒者。

同时有韩贞者,号乐吾,兴化人,以陶瓦为业。慕朱樵而从之学。后乃卒业④于王东崖先生襞⑤。粗识文字。久之,觉有所得,遂以化俗⑥为任,随机指点。农工商贾,从之游者千余。秋成农隙⑦,则聚徒谈学。一村既毕,又之一村。前歌后答,弦诵之声,洋洋然

---

①　黄宗羲(1610—1695):浙江余姚人,世称梨洲先生。明末清初经学家、史学家、思想家。其学问极博,思想深邃,著作宏富,著有《明儒学案》《宋元学案》《明夷待访录》等。与顾炎武、王夫之并称"明末清初三大思想家"。

②　王心斋(1483—1541):即明代哲学家王艮。字汝止,号心斋。创立传承阳明心学的泰州学派。他主张"百姓日用即道",注重口传心授,使"愚夫愚妇"明白易懂,这也是泰州学派的特色之一。

③　造:到,至。

④　卒业:完成学业,毕业。

⑤　王东崖:指王艮的次子王襞。王艮死后,王襞继承了父亲的讲席。

⑥　化俗:通过教育推进社会进步。化,教化。俗,风俗,风气。

⑦　秋成农隙:秋收以后的农闲。

也。县令闻而嘉之,从之问政。对曰:"某窭人①,无能补于左右。第凡②与某居者,子言孝,弟言悌,戚党邻里相爱护,幸③无讼牒④烦公府。此某之所以报也。"每遇会讲,有谈俗事者,辄大噪曰:"光阴有几,乃作此闲谈耶?"在座为之警省。

---

① 窭(jù)人:穷苦人,社会地位低下的人,才疏学浅之人。
② 第凡:但凡。
③ 幸:希望。
④ 讼牒:诉状。

第三十四　友别(有序①)王守仁②(二)

　　滁阳③诸友,送余至乌衣④,不能别。王性甫汝德,复送至江浦⑤,留居,俟予渡江。书此促之归,并寄诸贤。

　　滁之水,入江流,江湖日复来滁州。相思若潮水,来往何时休。

　　欲慰相思情,不如崇令德⑥。掘地见泉水,随处无弗得。何必驱驰为,千里远相即。

　　君不见尧羹与舜墙⑦,又不见孔与跖⑧,对面弗相识。逆旅⑨主人多殷勤,出门转盼⑩成路人。

----

　　① 序:一种文体。一般是作者陈述的与作品主旨、内容缘起等有关的文字。

　　② 王守仁(1472—1529):明代著名的理学家、思想家、教育家,心学集大成者。世称阳明先生。

　　③ 滁阳:即安徽滁州。地处长江下游北岸,长江三角洲西端。

　　④ 乌衣:地名,属滁州。东吴时乌衣营驻扎于此,因此得名。

　　⑤ 江浦:属今南京市浦口区。位于长江以北。

　　⑥ 令德:美德。

　　⑦ 尧羹与舜墙:《后汉书·李固传》:"昔尧殂之后,舜仰慕三年,坐则见尧于墙,食则睹尧于羹。"是说舜对尧的思念之深之强。

　　⑧ 孔与跖:指孔子与盗跖。盗跖为民间传说中的江洋大盗或是奴隶起义的领袖,在《庄子·杂篇·盗跖》中被塑造成了一个大骂圣人孔子的角色。孟子曰:"鸡鸣而起,孳孳为善者,舜之徒也;鸡鸣而起,孳孳为利者,跖之徒也。欲知舜与跖之分,无他,利与善之间也。"是说,心中若无此人,即使是面对面也视若无睹。

　　⑨ 逆旅:这里是指客栈、旅馆。

　　⑩ 转盼:转眼。

第三册

第一　勤训李文炤①(二)

治生之道,莫尚乎勤。故邵子云:"一日之计在于晨,一岁之计在于春,一生之计在于勤。"言虽近而旨则远矣。

无如人之常情,恶劳而好逸,甘食媮衣②,玩日愒岁③。以之为农,则不能深耕而易耨④。以之为工,则不能计日而效功⑤。以之为商,则不能乘时而趋利。以之为士,则不能笃志而力行。徒然食息于天地之间,是一蠹耳。

夫天地之化,日新则不敝。故户枢不蠹,流水不腐,诚不欲其常安也。人之心与力,何独不然。劳则思,逸则忘,物之情也。

大禹之圣,且惜寸阴。陶侃⑥之贤,且惜分阴。又况贤圣不若彼者乎?

----

① 李文炤(1672—1735):清经学家。字元朗,号恒斋,湖南善化(今长沙)人。潜心程朱之学,康熙五十六年(1717)任岳麓书院山长。

② 媮:通"褕(yú)",华美的意思。

③ 玩日愒(kài)岁:贪图安逸,旷废时日。《左传·昭公元年》:"赵孟将死矣。主民,玩岁而愒日,其与几何?"《汉书·五行志》引,颜师古注:"玩,爱也。愒,贪也。"

④ 易耨(nòu):除草。易也有芟治草木的意思。

⑤ 效功:功效。

⑥ 陶侃(259—334):东晋大司马。精勤吏职,颇有治绩,为人称道。他常对别人说:"大禹圣者,乃惜寸阴,至于众人,当惜分阴,岂可逸游荒醉。生无益于时,死无闻于后,是自弃也!"

第二　俭训 李文炤（二）

　　俭，美德也，而流俗顾薄①之。贫者见富者而羡之，富者见尤富者而羡之。一饭十金，一衣百金，一室千金。奈何不至贫且匮②也。

　　每见闾阎③之中，其父兄古朴质实④，足以自给，而其子弟，羞向者之为鄙陋，尽举其规模而变之。于是累世之藏，尽废于一人之手。况乎用之奢者，取之不得不贪，算及锱铢，欲深⑤谿壑。其究⑥也，诡求诈骗，寡廉鲜耻，无所不至。则何若⑦量入为出者，享恒足之利乎？

　　且吾所谓俭者，岂必一切捐之？养生送死之具，吉凶庆吊之需，人道之所不能废。称情⑧以施焉，庶乎⑨其不至于固⑩耳。

---

①　顾薄：看轻。
②　匮：缺乏。
③　闾阎（yán）：里巷。
④　质实：本分，老实。
⑤　深：深如。
⑥　究：穷尽，终极。
⑦　何若：何如。
⑧　称情：根据自己的实际情况。
⑨　庶乎：庶几乎，或许、大概的意思。
⑩　固：在此可理解为固定之法。

第三　居室记陆游①(三)

　　陆子治室于所居堂之北。其南北二十有八尺,东西十有七尺。东西北皆为窗,窗皆设帘障,视晦明寒燠②,为舒卷启闭之节③。南为大门,西南小门。冬则析堂与室为二,而通其小门,以为奥室④。夏则合为一,而辟大门,以受凉风。岁暮必易腐瓦,补罅隙,以避霜露之气。

　　舍后及傍,皆有隙地,莳⑤花百余本⑥。当敷荣⑦时,或至其下,方羊⑧坐起⑨。亦或零落已尽,终不一往。有疾,亦不汲汲近药石,久多自平⑩。家世无年⑪,自曾大父以降,三世皆不越一甲子⑫。今

---

　　①　陆游(1125—1210):字务观,号放翁,越州山阴(今绍兴)人。南宋文学家、史学家、爱国诗人。其诗歌内容丰富,抒发抱负,反映民生,批判当权。风格浑郁豪放,表现出渴望恢复国家统一的爱国热情。亦工词,纤丽处似秦观,雄概处似苏轼。

　　②　燠(yù):热。
　　③　节:指控制帘障舒卷启闭的机关。
　　④　奥室:内室。
　　⑤　莳(shì):栽种。
　　⑥　本:株,棵。
　　⑦　敷荣:开花。
　　⑧　方羊:徜徉。
　　⑨　坐起:起坐。
　　⑩　久多自平:指时间久了都自己好了。
　　⑪　无年:无年寿,寿命不长。《宋书·谢庄传》:"家世无年,亡高祖四十,曾祖三十二,亡祖四十七。"
　　⑫　甲子:六十年为一甲子。

独幸及七十有六,耳目手足未废,可为过其分①矣。然自计平昔,于方外②养生之说,曾③无所闻。意者④日用亦或默与养生者合。故悉自书之,将质⑤于有道之士云。

---

① 分:限度,标准。

② 方外:世俗之外。此指道家的养生之说。

③ 曾:从来,一直。

④ 意者:想来。

⑤ 质:质询,讨教。

第四　黄鹂与燕(二)

　　燕与黄鹂交飞①。黄鹂曰:"子安归?"燕曰:"吾归堂,子安归?"黄鹂曰:"吾归柳。"

　　燕曰:"柳殊不若堂之安也。"黄鹂曰:"不然。夫柳者,天②也。堂者,人也。吾昼栖乎柔枝,夕荫乎茂叶。吾飞翔自如,无与人事也。吾游乎柳,吾有时而去,柳无日而不存也。若夫堂,有门有帘,其开且阖,固人为政③也。子哗而噪焉,而人且憎子也。堂之中有盛有衰,有兴有废,其盛也兴也,子不得与焉,其衰也废也,吾忧子之共之焉。而子顾沾沾以处堂自幸,宜乎子之与雀而同讥也④。"燕曰:"善。"

　　故君子任⑤天不任人。

---

　　① 交飞:齐飞。
　　② 天:天然。
　　③ 为政:做主的意思。
　　④ 子之与雀而同讥也:此处用燕雀处堂这个典故,讥讽那些因生活安定而失去警惕性,住在别家堂上,大难临头而不自知的小鸟。《孔丛子·论势》:"燕雀处屋,子母相哺,煦煦焉其相乐也,自以为安矣;灶突决,上栋宇将焚,燕雀颜色不变,不知祸之将及己也。"
　　⑤ 任:信任,相信。

第五　地方自治(三)

　　地方者,国土之一部分,而国民之身家所寄托焉者也。惟地方发达健全,斯国家得以巩固,人民得以安宁。故立宪之国,无不行地方自治制者。

　　所谓地方自治制者何？即以地方之人,筹地方之财,经营地方之公共事业也。溯厥①权舆②,英国实为先导③,各国遂相继仿行。虽定制互有异同,然因其风俗习惯,自谋乐利,而受裁制于中央,则一也。

　　我国古时,族党④比闾⑤,各司其职,实开地方自治之先河。降及后世,遗风犹在。略举之：如公举乡官,申明社约,服从公断⑥,设

---

　　① 厥：其。
　　② 权舆：本指草木初发,引申为起始。
　　③ 英国实为先导：英国从盎格鲁-撒克逊时代起,将筑有城堡自卫或有市场的地方称作自治市。自治市有自己独特的习惯、特权和法院。诺曼底人入侵之后,根据国王和其他贵族的"特许状"而建立的自治市,发展了自己的特权,并且编纂独具特色的习惯法。
　　④ 族党：聚族而居的亲属。
　　⑤ 比闾：比、闾为古代户籍编制基本单位。《周礼·地官·大司徒》："令五家为比,使之相保；五比为闾,使之相受。"
　　⑥ 公断：指由非当事人居中裁断。

立民团，以及善堂①、医局之类，皆是也。今地方自治之制既已颁行，人民之所以自谋其乐利者，道自有在，正不容忽视之也。

---

① 善堂：民间慈善机构，主要从事救济、救荒、育婴、诊疗、恤嫠、赡老、施棺、义冢等善举。

第六 弟告兄小学校改建落成书(三)

乡间两等①小学校,业于本月初五日竣工,初八日举行落成礼。自吾乡董事外,县视学、学务委员、警察科长,暨本乡热心赞助之人,咸集焉。县令亦派人为代表。

初由乡董报告改建工程。凡占地若干亩,新起及改造屋若干间,费银若干圆。其中出于公款者几何,出于捐助者几何,以及此次建筑,用意何若。此皆吾兄在家时所具知,无烦更述。

后由县视学演说。极称校舍之坚固朴素,有裨实用。继言今文明国民,殆无一人不就学者。吾乡今者,风气日益开通,就学者日众,致校舍不能容,诚为可喜。然统计之,犹不及十分之五。深望此后,风气益开,就学者益众,俾校舍之增广,亦随之而无穷。闻者颇为动容也。

校中请吾兄观礼信一纸,虽已过期,然校长及本乡董事,以吾兄热心赞助,意甚殷拳,亦可感也。兹仍附上一阅。

敬启者:敝校改建校舍,业已竣工。兹定于本月初八日上午九

---

① 两等:民国时新式小学堂分为初等与高等。壬子癸丑学制规定,一年级到四年级为初小,五年级到七年级为高小。

时，举行落成礼。夙蒙执事①热心赞助，钦感无已。届时务望惠临，共襄盛举。无任盼祷②。肃此敬颂

　子良先生著安

　　　　　　　　　　　振化乡两等小学校谨启

———————

　①　执事：原本指主管某事并办事之官员，这里用以表示对对方的敬称。
　②　无任盼祷：书信结尾用语。无任，非常的意思；盼祷，敬盼赐复的意思。

第七　文字(三)

黄帝①始制文字，仓史②遗迹，今尚有摹刻者，略具形体而已。三代③古器，存者尚多。考其铭刻，在商尚简，逮周始繁。大篆起于周，小篆及隶起于秦，草书起于汉，真书④起于汉魏间。若草之变者为行⑤，真之工者为楷，盖又在其后矣。今各体并存。而普通应用，惟行与楷。

满洲、蒙古，字皆直下而右行。回部有回纥字，西藏有唐古忒字，皆旁行⑥。五族各有文字，而通行则以汉文为主。

————————

①　黄帝：古华夏部落联盟首领，以统一华夏部落与征服东夷、九黎族而统一中华的伟绩载入史册。本姓公孙，后改姬姓。居轩辕之丘，号轩辕氏，建都于有熊，亦称有熊氏。史载黄帝因有土德之瑞，故号黄帝。黄帝在位时间很久，有许多发明和制作，如文字、音乐、历数、宫室、舟车、衣裳和指南车等。相传尧、舜、禹、皋陶、伯益、汤等均是他的后裔，因此黄帝被奉为中华民族的共同始祖。

②　仓史：即仓颉，传说为黄帝时史官。

③　三代：指夏、商、周。一直到战国时期，都是指夏、商、西周；秦朝之后，"三代"的含义才开始包括东周。

④　真书：是指从汉魏到隋唐以前的过渡性楷体，又称为"正书"。其特征是楷中有隶。

⑤　行：行书，分为行楷和行草两种。是为了弥补楷书的书写速度太慢和草书的难于辨认而产生的。它是楷书的草化或草书的楷化。

⑥　旁行：从右到左或从左到右横着写。

　　泰西文字,最古者为埃及①,次则希腊、拉丁。今诸国文字,皆导源于此。其所以相承而渐变者,以各国之方言不同也。东洋诸国,校文明者,朝鲜、日本、安南②,文字皆出我国。各随其国之语言,变化用之。犹西洋文字之祖希腊、拉丁也。

---

　　①　埃及:指埃及最早的象形文字。
　　②　安南:是越南的古名。

第八 印刷术(三)

制一器,立一法,守之不变,必窳败放失①,不适于用。惟因时损益②,去其敝害,弥其缺失,始有进步。

吾国印刷一术,始于汉代之石经③。至五季④时,有镂版⑤。北宋时,有活字。历元明以迄清初,相承无变。及清季世,西法东渐。获改进之师资,斯业乃日昌矣。

夫欧洲发明印刷,后于吾国数百年,然其进步则远过吾国。同一镂版也,有烂铜、铸锌⑥等法,则毫发不爽矣。同一活字也,有压纸、镕铅⑦等术,则散亡无虑矣。而且用机器以代人工,用汽电以省

---

① 窳(yǔ)败放失:窳败,陈旧衰败之意;放失,散失,消亡。

② 因时损益:随时根据需要而修改、补充。

③ 石经:指熹平石经。东汉灵帝熹平四年(175)至光和六年(183),蔡邕等人用隶书把儒家七经(《鲁诗》《尚书》《周易》《春秋》《公羊传》《仪礼》《论语》)抄刻成四十六块石碑。

④ 五季:即五代,后梁、后唐、后晋、后汉、后周。

⑤ 镂版:也叫雕版、刻版等,在木板上镂雕,专用以印书。

⑥ 烂铜、铸锌:现代印刷制版的工艺。

⑦ 压纸、镕铅:指铅活字印刷机的发明。1440 至 1445 年,德国人约翰内斯·谷登堡发明铅活字印刷术,制造了第一台铅活字印刷机。所用的铅字是由铅、锑、锡等合金制成,比已传入欧洲四百年的毕昇发明的泥活字印刷术又前进了一大步。印刷机使得印刷品变得非常便宜,印刷的速度也提高了许多,印刷量也迅速增加,而压纸工艺是印刷机上的一个重要的环节。

人力。顷刻之间，万纸争传。迥非①笃守旧法者，所能逆睹②。可见凡事必改良而后有进步，印刷术其一端也。

印刷术

———————

① 迥非：远非。
② 逆睹：预知，预见。

第九　侥幸与向上（二）

　　己不如人，力求进步，是谓向上。不自量力，妄希袭取，是谓侥幸。侥幸心不可有，向上心不可无。

　　夫人生欲望无穷。今日之所处，在昔日视之，或以为有余。在今日视之，复以为不足。此固人类之通性，无可遏阻，抑亦不必遏阻也。但地位之高，岂容窃据，彼其人之勋业所以独隆，誉望所以独著，亦必有其致此之由。或学问过人焉，或才略优长焉，或阅历充足焉，固非可以侥幸致也。乃或者不问己之才识学力，惟艳羡他人之所处，艳羡之而不得，则嫉妒怨恨之心生焉。是自求堕落也，非向上也。

　　然则求向上者，如之何？曰：浚①学识，具才能，淬厉②精神，力求进步而已。

———————

　　①　浚（jùn）：意为通。
　　②　淬厉：淬火磨砺，意为锻炼，磨练。

第十　勃罗斯(三)

　　勃罗斯^①者，苏格兰君也。六百余年前，屡与英吉利构兵^②。众寡不敌，辄为所败。迨第六次，良将尽亡，疆土亦失。不得已，伏匿茅屋中以避兵。

　　时勃罗斯子焉如寄^③，末路兴嗟，乃席地偃^④卧。瞥见梁上蜘蛛，吐丝作网。勃既无聊，姑觇^⑤之以遣闷。梁有二椽^⑥，其一较低。蛛系丝高椽，引其一端，欲下垂于低者。垂未及半，丝断而坠，前功尽弃。然蛛虽蹉跌，攀援力作，仍不少衰。坠而复起者六，迄^⑦未就绪。勃顾影自怜，喟然叹息，而蛛复援丝下矣。

　　至第七次，竟无波折，微丝一缕，直达低椽。两端既系，其余易易^⑧。瞬息间已成方罫形^⑨。勃大感动，奋然曰："吾敢不如蛛乎！"跃而起。号召旧部，搜集散亡。再与英战，复有苏格兰。

---

　　① 勃罗斯(Roibert the Briuis，1274—1329)：亦译罗伯特・布鲁斯，是苏格兰历史上一位重要的国王，他曾经领导苏格兰人打败英格兰人，取得民族独立。
　　② 构兵：指交战，打仗。
　　③ 子焉如寄：指寂寞孤独，无处可去。
　　④ 偃卧：仰卧。
　　⑤ 觇(chān)：观察，窥视。
　　⑥ 椽：圆木制作的横梁。
　　⑦ 迄：此为始终、终究的意思。
　　⑧ 易易：容易，简单。
　　⑨ 方罫：棋盘上的方格，整齐的方格形。

第十一　登龙华寺浮图记(三)

龙华寺者,上海西南乡一古刹也。相传为吴大帝①时所建,迄今一千数百年矣。

寺门之外,有浮图②七级,高耸云表,颇宜凭眺。某日,余登焉。层累而上,无异螺旋。于是缓步进行。迨最上一层,乃倚窗而远瞩。

时则附近景物,历历在目。其蜿蜒如带者,黄浦江也。其曲折若线者,沪杭甬铁道也。其矗立如峰者,天文台也。其房舍比栉者,上海县城③也。其整齐有度,森如壁垒者,制造局④也。其纵横方

---

①　吴大帝:孙权(182—252),字仲谋,吴郡富春(今浙江省杭州市富阳区)人。三国时代孙吴的建立者,229 至 252 年在位。

②　浮屠:梵语 Buddha 的音译,指佛塔。

③　上海县城:元至元二十八年(1291)设立上海县,县治定于上海镇(今南市),县衙设在上海镇来榷场(今称为十六铺)。元大德二年(1298),上海县县衙从来榷场迁至曲家湾(后来的南市光启路县左街口)。民国四年(1915),上海县政府从曲家湾迁至杨家桥的南市蓬莱路 171 号。

④　制造局:江南机器制造总局,简称江南制造局或江南制造总局,又称作上海机器局,成立于同治四年(1865),是清朝洋务运动中成立的近代军事工业生产机构。

罥,俨若棋局者,租界中衢路①也。俯视则菜畦麦陇,一色青青。仰观则云气苍茫,蔚蓝无际。盖离地已百余尺矣。

嗟乎! 自孙吴迄今,人事之变迁何限,而浮图独超然物表,未改旧观。是足动登临之感已。

龙华寺

<hr />

① 衢路:街衢道路。制造局的发展,带动了周边的路政设施的发展。1891年,辟筑斜桥南路,就是今天的制造局路,由斜桥经徽宁会馆、骑兵营,转东南抵制造局,全长三千四百米,路宽十到十八米;随后,再辟筑龙华路,自江南制造总局经外日晖桥至龙华镇;1908年,沿高昌庙市和江边高昌庙渡口,辟建江边路;1914年,又筑高昌庙路(今高雄路)、局门路、瞿真人路(今瞿溪路)等干道,组成了以制造局为中心的马路交通网。

第十二　望远镜记(三)

望远镜

望远镜,所以扩视力也。最大者,在美国金山①山巅,宽三尺六寸。为其国富户里克所创,即以其名名之。因创此镜,先修房屋,费百余万元。由此镜窥水星,则其中有地,有河,有海,有岛,有冰雪,有云,一一可辨。其次在华盛顿。房为圆形,有机可旋转之。镜面宽三尺余,长约二丈余。以机运动,方位均可准对。以窥天,则无星处多有星,且有红色蓝色者。以窥月,只见水溶溶然。其光射目,不可久视。目离镜,犹眩耀不能见物。

地行至速,故远镜之架,以电气运之。其迟速,一准于地球之行动。然后可以久视而有所见。否则地球行而远镜不行,不过刻许,所欲观之星象,已离镜矣。

---

① 美国金山:又译旧金山(San Francisco),位于美国加利福尼亚州。

第十三　磷火(二)

张氏儿与邻人夜行田间。遥见丛墓之处,火团数簇,隐现于长林丰草间。邻人曰:"此鬼火也。"张儿趋前,欲就视之。火若远避者然,终不能及。张儿退,火又在后,若相逐者。少顷即没。张儿怖,疾驰而归。入兄室,告以故。兄乃取火柴,携其弟手,同至暗处擦之,有光莹然。曰:"此名磷火。汝顷所见,即此物也。凡动物之骨,皆含磷质。死后骨腐,磷浮游空气中。或聚如团,或散如星。我趋前,则前之空气,为我推移,故若前遁。我退后,则前之空气,来补其虚,故若来追也。墟墓之间,多埋人兽之骨,故易见磷火耳。"张儿恍然大悟。

第十四　入营后与友人书(三)

　　前入营时,蒙亲戚故旧远送郊坰①,勖②以尽忠报国,无陨家声。某虽不才,敢忘厚意?

　　入伍以后,幸复耐劳,堪以告慰。营中规则,至为严整。晨兴晚息,皆有定时。点名时不得托故不到。在宿所,不许大声谭话,引吭高歌。盖军营最重纪律,不得不养之有素也。饮食清洁,有益卫生。寝具用器,尤为注意,每周须检查一次。以近日统计,知疾疫之减杀军力,校创痍为尤甚也。智识教授,与操练并重。以今日战事,非徒勇所能有济③也。

　　每逢日曜日④,又有人演说古来忠烈事迹,及我国今日积弱受侮情形。闻之,未尝不感激泣下也。困兽犹斗,而况于人。蜂虿⑤有毒,而况于国。国家积弱至此,卫国之责,非我辈国民任之而谁任之哉!吾兄夙有志于军事,甚望毕业以后入海陆军学校,研究武备。

---

　　①　郊坰(jiōng):郊外。

　　②　勖(xù):勉励。

　　③　有济:有益,有帮助。

　　④　日曜(yào)日:即星期天。日、月、五星等均称"曜",日、月、火、水、木、金、土七星合称"七曜"。

　　⑤　蜂虿(chài):蜂和虿,都是尾部有毒针会刺人的虫。《左传·僖公二十二年》:"君其无谓邾小,蜂虿有毒,而况国乎?"是说敌国如蜂虿,虽小,毕竟也是一个国家。

他日驰驱疆场,为国宣劳①,亦男儿快事也。

　　书不尽意,惟亮察。

---

　　① 宣劳:尽力,效命。

第十五　苗族（二）

苗种不一，杂处于湘、蜀、滇、黔、粤、桂各省间。熟苗与吾人差异甚微。生苗则僻处山峒，据险为固，言语不通，风俗不同。其居处也，斩木结茅，中置大榻，坐卧爨炊①，悉在其上。其食物也，杂粮番薯，罕见稻粱。土物易盐②，视为珍品。其服饰也，裹头椎髻，跣③足短衣，银索锦裙，美观自侈。盖犹未脱初民气象焉。

苗族

其人颇勤耕作，知饲蚕。故生活所需，尚足自给。又生长山地，出入险阻，无异康庄。其长技亦有足多者。惟刚倔嗜杀，若出天性。同族之人，往往因眶眦微嫌，寻仇不已。而越境杀人之事，亦时有所闻。沾以教泽，使之同化，实吾先进之责也。

---

①　爨（cuàn）炊：指烧火做饭。爨，炉灶。
②　土物易盐：用土特产来换盐。
③　跣（xiǎn）：指不穿鞋袜，赤脚走路。

第十六　游珍珠泉记王昶①(二)

济南府治②,为济水③所经。济性洑而流④,抵巇⑤则喷涌以上。人斩木,剡⑥其首,杙⑦诸土,才三四寸许,拔而起之,随得泉。泉莹然至清。盖地皆沙也,以故不为泥所汩⑧。然未有若珍珠泉⑨之奇。

泉在巡抚署廨⑩前。甃⑪为池,方亩许,周以石栏。依栏瞩之,泉从沙际出,忽聚忽散,忽断忽续,忽缓忽急。日映之,大者为珠,小者为玑,皆自底以达于面,瑟瑟然,累累然。

是日,雨新霁,偕门人吴琦、杨怀栋游焉。移晷⑫乃去。济南泉得名者凡十有四,兹泉盖称最云。

─────────

① 王昶(1725—1806):字德甫,上海青浦朱家角人,清朝学者。该篇选自王昶《春融堂集》。

② 府治:府衙,府衙所在地。

③ 济水:古水名,"四渎"之一,发源于今河南,流经山东入渤海。

④ 洑而流:水潜流地下曰洑;流在这里的意思是飘忽变化。

⑤ 巇(xī):这里指石缝。

⑥ 剡(shàn):削尖。

⑦ 杙(yì):插入。

⑧ 汩:搅乱。搅浑泥沙曰汩泥。

⑨ 珍珠泉:济南的第三大名泉,位于济南旧城中心。

⑩ 廨(xiè):指旧时官吏办公之处。

⑪ 甃(zhòu):以砖石围砌的意思。

⑫ 移晷:日影移动,意为过了一段时间。

第十七　劝人作日记书(四)

　　与兄别后,即以日记自课,已两月余。颇为有味,钞出两则,附呈一阅。吾兄似亦可试为之。

　　盖日记之益,不徒免遗忘,便检阅而已。父师之训诲,朋友之箴规,当躬①之返省②,无一不可记入,则有益于道德。在校之所受,攻错③之所闻,研究之所得,无一不可记入,则有益于智识。不特此也。一物不知,儒者之耻。弧矢之志④,常在四方。将来学问有成,壮游方始。若者为历史之陈迹,若者为地理之新知,若者为实业所取资,若者备军事之计画。舟车所莅,闻见必多。苟能一一笔之于书,便成绝精良之游记。若身任要职,历万险,排大难,而卒克⑤有成,则出其数十年所经历,并足为后人模范矣。

　　志大言大,吾兄傥以为狂乎?

　　　　十四日,日曜,雨。午前在家,整理今年所作理科札记。虽

---

①　躬:本身,自身。
②　返省:反省,自省。
③　攻错:琢磨玉石,此指整个学习、思考的过程。
④　弧矢之志:指男儿之志。陆游《鹅湖夜坐书怀》:"士生始堕地,弧矢志四方。"
⑤　卒克:意为最终能够。

每日所作无多，积久，亦裒①然成帙矣。午后偕大哥出南郭眺望。烟雨迷濛，远山皆隐。傍晚开霁，始复涌现。天际长虹垂彩，林间宿鸟归来。画图不啻②也。晚饭后，读《中华学生界》③。四妹共一灯读《中华童子界》。有不明白处，予为详细讲解。

　　十五日，月曜，晴。晨六时起。整理寝具。漱洗毕，早餐。在园中散步片时，然后步往学校。校中所受课，为算术、体操、国文、地理、手工。算题颇难，用心思索，幸得无误。前所绘白河流系略图，亦颇蒙先生奖许也。灯下温习前日所受历史课，及本日所受地理课，毕。复将先生所评改作文本，详加玩索。九时休息散步。十时睡。

---

① 裒（póu）：聚集，辑录。
② 不啻（chì）：无异于，如同。
③ 《中华学生界》：民国四年（1915）中华书局创刊的杂志。

第十八　昆虫之农工业(四)

　　虫类之中,其劳动有同于农工业者。蚕吐丝成茧,似纺绩。蜜蜂酿蜜蜡,似造酒;其作巢似建筑。

　　蛛丝出自体末之孔,其引丝结网也,先自内而外络,复自外而内络。圆整疏密,与人之编物殆无以异。

　　蚁类穴土而居。其居处,有若墙垣者,则垒以细沙石屑也;有若房屋者,则覆以小草,支以细木也。经营构造,几同于土木之工。

　　美洲有收获蚁,喜食草实。常择草之有实者,群集于其根,啮去旁生杂草,以卫其实。实落则收储之,此犹农夫之耘田与收获也。

　　又有称为畜牧蚁者,恃蚜虫以生。蚜虫就草木之芽而吸其汁,蚁又就蚜虫而吸其汁。盖蚜虫腹部之后,有二细管,能分泌甘汁也。蚁既资生于蚜虫,故常就其所在之处,加以保护,使不为他物所伤。又或移其卵于植物繁茂处,使易长成焉。冬季则养之巢中,吸其甘汁。无异人之饲牛而得乳也。

　　昆虫,动物之微者耳。而其自营生活之举动,几无异于人类。谓①非造化之奇妙哉!

---

　　① 谓:难道说,有谁说。

第十九 种植(四)

种植之要：曰垦地，曰播种，曰耙土，曰培壅，曰耘草，曰收获，曰打谷。

垦地者，所以揉土使松，破土使分。俾气水光热，入于其中，而植物得萌芽也。垦地之法，园圃用铲，田野则用犁，挽以牛。

播种者，所以下种入土也。其法，农夫肩荷一囊，囊中盛谷粒，缓步徐行，随取随撒，以均匀为贵。

耙土者，所以破土块，除恶草，使种子深入土中也。其法常用耙，有齿，或铁或木。

培壅者，以补植物所需之料，而长养之也。植物在土中及空气中，自能吸养生之质。其或不足，则必灌以水，壅以人畜粪，或草木灰、骨灰、石灰之属。

耘草者，所以除去稂莠①，勿使侵食膏液②，而令所种之物，得饱受光气也。其法或用手，或用器。

收获者，物已成熟，刈③之以待用也。刈稻麦者，或用镰，或用

---

① 稂莠(láng yǒu)：都是形状像禾苗而妨害禾苗生长的杂草。
② 膏液：这里指植物生长所需的养分。
③ 刈(yì)：割。

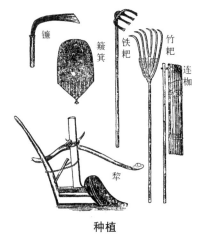

镰
簸箕
铁耙
竹耙
连枷

犁

种植

锲①。获后,束聚作垛,登场击之。或堆为露积②,设法使雨不能沾湿。

刈谷之后为打谷,所以使谷出壳及脱藁③也。打稻者,用稻床④以投掷。打麦之器,以两小棒为之,有革连其两端,是曰连枷⑤。打豆及高粱,每用圆石或圆木,而架以牲畜。谷已脱藁,则扬之风中,以去杂质。其器用簸箕。

此外如捕虫除秽之类,皆种植要事也。古人有诗曰:谁怜万民食,粒粒非易取。可谓知言矣。

① 锲(qiè):这里指一种小镰刀。
② 露积:露天堆放粮食的囤。
③ 藁:这里指农作物的秸秆。
④ 稻床:人工脱粒所用的木板砧之类的器具。
⑤ 连枷:打场脱粒使用的农具。

第二十　观刈麦白居易(二)

　　田家少闲月,五月人倍忙。夜来南风起,小麦覆陇黄。妇姑荷箪食,童稚携壶浆,相随饷田①去,丁壮在南冈。足蒸暑土气,背灼炎天光。力尽不知热,惟惜夏日长。

　　复有贫妇人,抱子在其傍。右手秉遗穗,左臂悬敝筐。听其相顾言,闻者为悲伤。家田输税②尽,拾此充饥肠。

　　今我何功德,曾不事农桑,吏禄三百石③,岁晏④有余粮。念此私自愧,尽日不能忘。

---

① 饷田：到地头送饭。
② 输税：缴纳租税。
③ 石：古代的容量单位,十斗为一石。
④ 岁晏：指到了年底。

第二十一　意园记_{戴名世}（三）

　　意园者，无是园也，意之如此云尔。山数峰，田数顷，水一溪，瀑十丈，树千章，竹万个。主人携书千卷，童子一人，琴一张，酒一瓮。

　　其园无境①，主人不知出，人不知入。其草，若兰、若蕙、若菖蒲、若薜荔。其花，若荷、若菊、若芙蓉、若芍药。其鸟，若鹤、若鹭、若鸥、若黄鹂。树则有松、有杉、有梅、有梧桐、有桃、有海棠。溪则为声，如丝桐②、如钟、如磬。其石，或青、或赭、或偃、或仰、或峭立百仞。其田，宜稻、宜秫③。其圃，宜芹。其山，有蕨、有薇④、有笋。其池，有荇⑤。其童子，伐薪、采薇、捕鱼。

　　主人以半日读书，以半日看花、弹琴、饮酒，听鸟声、水声、松声。观太空，粲然而笑，怡然而睡。明日亦为之，岁更几欤，代更几欤，不知也。避世者欤，避地者欤，不知也。主人失其姓，晦其名。何氏之

---

　　①　境：界限，边界。
　　②　丝桐：指古琴。古人削桐为琴，练丝为弦，所以古琴被称作丝桐。
　　③　秫（shú）：高粱。
　　④　薇：多年生草本植物，结荚果，中有种子五六粒，可食；嫩茎和叶可做蔬菜。
　　⑤　荇（xìng）：多年生草本植物，叶略呈圆形，浮在水面，根生水底，夏天开黄花，嫩茎可食。

民,曰：无怀氏①之民也。其园为何,曰：意园也。

---

① 无怀氏：中国传说中的上古帝王,据说在伏羲之前。陶渊明《五柳先生传》:"衔觞赋诗,以乐其志。无怀氏之民欤,葛天氏之民欤!"其实,所谓无怀,就是忘怀一切的意思。

第二十二 陋室铭^①刘禹锡^②(二)

山不在高,有仙则名。水不在深,有龙则灵。斯是陋室,唯吾德馨^③。

苔痕上阶绿,草色入帘青。谈笑有鸿儒^④,往来无白丁。可以调素琴,阅金经^⑤。无丝竹之乱耳,无案牍^⑥之劳形。

南阳诸葛庐^⑦,西蜀子云亭^⑧。孔子云:何陋之有。

---

① 铭:指刻写在金石等器物上的文辞,以铭记铸造该器的缘由、对象等。这种文体具有称颂、警戒等性质,多用韵语。

② 刘禹锡(772—842):字梦得,河南洛阳人。中唐诗人、政治家、哲学家,与柳宗元并称"刘柳"。

③ 德馨:是说自己品德如兰,使这间陋室也充溢着高雅的馨香。

④ 鸿儒:大儒,博学之士。

⑤ 金经:佛教的《金刚经》等经典;也有人说金经指一切经典。

⑥ 案牍:堆在案头的公文。

⑦ 诸葛庐:三国时蜀相诸葛亮的茅庐。

⑧ 子云:扬雄(前53—18),字子云,成都人。西汉官吏、学者、辞赋家。真正建造在他的故乡郫县的旧子云亭早已不存。

第二十三 赋税(三)

国家政费,由人民供给之,此不易之常经也。古者政事尚简,费用亦少,故征税虽薄,初无不足之虞。今则世界大通,文化日进。行政既不能因陋就简,国用自不免继长增高。故自政府言之,当勤求治理,为国民开辟利源,而不贵于出纳之吝。自人民言之,当勉力负担,为国家厚其实力,而不容以菲薄自甘①。二者皆应尽之道也。

东西强国,其于一国政费,莫不视其政之缓急,而审度民力,广辟来源,详定税则,以征取之。国民亦晓然于纳税所以治国,势不容已,群以奉法完纳为先。故财政裕如,百废易举,而民亦因以殷富安乐,此可为我国之借鉴矣。

---

① 菲薄自甘:此处指自甘贫困而不纳税。

第二十四　征兵(三)

中国三代,寓兵于农。无事则耕,有事则战。兵与民,固未尝分也。唐宋以来,专用募兵①。自是民出财以养兵,兵出力以卫民。而兵与民遂不复相合矣。

近世列强,多行征兵制度。其法,男子成年则应征,及期则免役。虽年限长短,彼此不同。然举国之民,皆有执干戈以卫社稷之义务,则一也。

征兵之利有四:还受②以时,兵无老弱,一也。新故迭代,饷不虚糜③,二也。全国壮丁,同受训练,能养成公共之纪律,三也。地方风气,互有不齐。国民境遇,亦难一致。行征兵制,则种种私见,皆可化除。团结既坚,对外易于一致,四也。今者欧洲大战,各国出兵,辄数百万,或至千万,非行征兵之制而能之乎?我国所以屡受外侮,而国民且以不能卫国见笑于人者,非亦征兵之制久废使然哉?

---

①　募兵:国家用金钱和其他物质条件雇佣的军队。

②　还受:本指接受和归还露田,此处指应征与免役。

③　饷不虚糜:饷,指兵丁的饷银;虚糜,指白白地损耗和浪费。

第二十五　郭子仪①单骑见回纥（四）

　　唐代宗时，回纥、吐蕃合兵入寇②。郭子仪御之。以兵少，严备不战。

　　会③二虏争长不睦，子仪使使说回纥，约共击吐蕃。回纥素重子仪，但传闻子仪已死，恐见④欺，必欲一见为信。

　　子仪将挺身往说之，其子晞叩马谏曰："大人国之元帅，奈何以身为虏饵。"子仪曰："今战则身死国危。往以至诚说之，或可见从。"以鞭鞭其手曰："去。"遂与数骑出。

　　使人传呼曰："令公⑤来。"回纥大惊，执弓注矢，立于陈前。子仪免胄释甲，投枪而进。回纥诸酋长，皆下马罗拜⑥。

　　子仪让⑦之曰："汝回纥有功于唐，唐之报汝亦不薄。奈何负

---

　　①　郭子仪（697—781）：唐代名将、政治家、军事家。早年以武举高第入仕从军。安史之乱爆发后，任朔方节度使，率军勤王，收复河北、河东。至德二载（757），收复西京长安、东都洛阳。

　　②　回纥、吐蕃合兵入寇：指的是公元765年，唐朝官员仆固怀恩反叛，引吐蕃、回纥入寇。

　　③　会：这时候，当时。

　　④　见：被。

　　⑤　令公：古代对中书令的尊称。郭子仪曾任中书令。

　　⑥　罗拜：罗列拜见。

　　⑦　让：责备、发难的意思。

约,深入吾地? 今吾挺身而来,听①汝执我而杀之。我之将士,必致死与汝战矣。"回纥曰:"讹闻天可汗②已晏驾③,令公亦捐馆④,是以敢来。今知天可汗在上都,令公复总兵于此,我曹岂肯与令公战乎? 今请为公击吐蕃,以谢过⑤。"子仪因取酒与饮,定约而还。

　　吐蕃闻之,夜引兵遁去。

---

　　① 听:听任。
　　② 天可汗:唐太宗李世民设立安西四镇,各民族融洽相处,被尊称为"天可汗"。后为西北各族对中国皇帝的尊称,这里指的是唐代宗。
　　③ 晏驾:古时帝王死亡的讳称。
　　④ 捐馆:放弃了自己的官邸,死亡比较委婉的说法。一般是指官员去世。
　　⑤ 谢过:为所犯之错赔罪。

第二十六　赵王买马《国策》①（二）

　　客见赵王曰："臣闻王之使人买马也，有之乎？"王曰："有之。""何故至今不遣？"王曰："未得相马之工②也。"

　　对曰："王何不遣建信君③乎？"王曰："建信君有国事，又不知相马。"曰："王何不遣纪姬乎？"王曰："纪姬，妇人也。不知相马。"对曰："买马而善，何补于国？"王曰："无补于国。""买马而恶，何危于国？"王曰："无危于国。"对曰："买马善若恶，皆无危补于国。然而王之买马也，必将待工。今治天下，举措非也，国家为虚戾④，而社稷不血食⑤，然而王不待工而与建信君，何也？"

---

　　①　《国策》：即《战国策》，是一部国别体史学著作。记事年代起于战国初年，止于秦灭六国，约有二百四十年的历史。西汉刘向编定为三十三篇。

　　②　相马之工：懂得马之优劣的行家。

　　③　建信君：战国末期赵国一个重要的政治人物。

　　④　虚戾：也作虚厉，田舍荒废，人民灭绝之意。古人说："居宅无人曰虚，死而无后为厉。"

　　⑤　血食：古代杀牲取血以祭，血食是用于祭祀的食品。此指社稷祖宗得不到后人的祭祀，也就是灭亡了。

第四册

第一　陆军(二)

　　陆军之大别有五：曰步兵，战争之主力也。曰骑兵，进退敏捷，用以侦敌，胜则事追逐。曰炮兵，用以攻坚，且事掩护。曰工兵，司筑阵地，开道路，架桥梁，设铁道，通电信。曰辎重兵，司运粮饷，输弹药。又有军乐队，则所以鼓舞士气者也。

　　我国军队编制，以十四人为一棚①，棚三为排，排三为连，连四为营，营三为团，团二为旅。合步队二旅，马炮队各一团，辎重工程队各一营，军乐队一连，则为师。全师合官长、司书、弁目②、兵丁、夫役③等，凡万二千五百十二人。

　　官制分三等九级。上等曰将，中等曰校，初等曰尉。每等更分上、中、下三级。

---

　　①　棚：清末、民国的陆军编制，兵士十四人为一棚。

　　②　弁(biàn)目：清代低级武官的通称，兵弁的头目。

　　③　夫役：又称工役，指在军队里从事杂役的人员，如挑夫、厨子等等。

步队

炮队

马队

第二　海军(二)

　　海军战斗之主力曰战舰,具大炮,多积煤,航行速而久,舰之要害处,被①钢铁极厚。次于战舰者,曰巡洋舰,常与战舰联合作战,又以保护本国运送船及商船,捕拿敌国船舶。曰炮舰,较轻捷,用以攻击敌国海岸,或循河流上溯焉。曰报知舰,以传达命令,报告敌情。曰鱼雷艇,以发射水雷,破坏敌舰。其以逐捕鱼雷艇为职者,曰驱逐舰,航行速率,出诸舰上。鱼雷艇则又潜航海中以避之,时曰潜水艇。

　　我国海军,甲午②以前,列世界第四,今不惟远逊英、美、德、法

军舰图

---

　　①　被:防护。

　　②　甲午:此指1894年爆发的甲午中日海战,中国战败。一向被中国看不起的"倭寇"竟全歼北洋水师,索得巨款,割走国土。朝野上下,由此自信心丧失殆尽。

诸国,即较之日本,亦瞠乎其后矣。昔人云:陆之为患有形,海之为患莫测。此犹为备寇盗、靖内乱①言也。今世界大通,非有强大之海军,不足称雄于宇内,而一朝有事,沿海数千里,亦将防不胜防矣。可不亟思振兴哉!

---

① 备寇盗、靖内乱:意指防备国内的流民造反,平定内乱。

第三　鲍氏子《国策》（二）

　　齐田氏①祖②于庭，食客千人。中坐，有献鱼雁者。田氏视之，乃叹曰："天之于民厚矣。殖五谷，生鱼鸟，以为之用。"众客和之如响③。

　　鲍氏之子年十二，预于次④，进曰："不如君言。天地万物，与我并生，类也。类无贵贱，徒以大小智力而相制，迭相食⑤，非相为而生之也。人取可食者而食之，岂天本为人而生之哉？且蚊蚋噆⑥肤，虎狼食肉，亦将谓天本为蚊蚋生人，虎狼生肉乎？"

―――――――――

　　①　齐田氏：田氏出自妫氏，陈国公族妫完奔齐后遂以田为氏。他是战国时田氏齐国的始祖。

　　②　祖：这里意为祭祖。

　　③　响：响雷，雷声。

　　④　预于次：参与祭祀并坐于次席。

　　⑤　迭相食：犹如今天所说的食物链。迭，交迭，更迭。

　　⑥　噆（zǎn）：叮咬。

第四　出塞杜甫[①]（四）

　　磨刀呜咽水[②]，水赤刃伤手。欲轻肠断声，心绪乱已久。丈夫誓许国[③]，愤惋复何有。功名图麒麟[④]，战骨当速朽。

　　挽弓当挽强，用箭当用长。射人先射马，擒贼先擒王。杀人亦有限，列国自有疆。苟能制侵陵[⑤]，岂在多杀伤。

　　男儿生世间，及壮当封侯。战伐有功业，焉能守旧丘[⑥]。召募赴蓟门[⑦]，军动不可留。千金买马鞭，百金装刀头。闾里送我行，亲戚拥道周。斑白[⑧]居上列，酒酣进庶羞[⑨]。少年别有赠，含笑看

---

　　①　杜甫（712—770）：字子美，河南巩县人。唐代伟大的现实主义诗人，有《杜工部集》传世。杜甫在中国古典诗歌中的影响非常深远，被后人称为"诗圣"，他的诗被称为"诗史"。

　　②　呜咽水：指陇水。古歌曰："陇头流水，鸣声幽咽。遥望秦川，肝肠断绝。"

　　③　许国：献身国家。

　　④　图麒麟：汉宣帝曾命人画霍光、苏武等十一人的像挂于麒麟阁，以表示对他们的思念。

　　⑤　侵陵：侵犯。

　　⑥　旧丘：故乡，故里。

　　⑦　蓟门：原指古蓟门关，唐代以关名置蓟州，后亦泛指蓟州（今蓟县）一带。

　　⑧　斑白：指老年人、长者。

　　⑨　庶羞：指多种美味的食物。

吴钩①。

　　朝出东门营②，暮上河阳桥③。落日照大旗，马鸣风萧萧。平沙列万幕④，部伍各见招。中天悬明月，令严⑤夜寂寥。悲笳⑥数声动，壮士惨不骄⑦。借问大将谁，恐是霍嫖姚⑧。

---

　　①　吴钩：钩，兵器，形似剑而曲，春秋吴人善铸钩，故称。后也泛指利剑，并成为驰骋疆场，励志报国的精神象征。
　　②　东门营：指设在洛阳城东门附近的军营。
　　③　河阳桥：横跨黄河的浮桥，在河南孟县，是当时由洛阳去河北的交通要道。
　　④　幕：营帐，帐幕。
　　⑤　令严：指军令严格。
　　⑥　笳：中国古代西北民族的一种吹奏乐器，似笛。汉时传入中原，通常称"胡笳"。
　　⑦　骄：在这儿指慷慨雄壮之气。
　　⑧　霍嫖姚：指西汉抗击匈奴的名将霍去病。因十七岁时被汉武帝任命为骠姚校尉，故称霍嫖姚。

第五　北游后与友人书(三)

　　北游以后,未寄一书,想劳远念。弟以月之二十日,自汉口乘车,过武胜关①,抵信阳。自此北过许②、郑③,渡黄河铁桥,抵正定④。越井陉⑤而至阳曲⑥。途中风景,昔人行记,多已述之。吾兄平时,素好搜览,想当备知,无烦觏缕⑦。

　　惟有一事,怅触⑧于怀,欲为吾兄告者。北方地质,多系黄土。雨则深渗入地,干则随风飞扬。其于森林,相需较南方为尤亟⑨。然而弥望千里,尽是童山⑩。用⑪使上腴⑫,化为瘠壤。水旱之灾,或且不免。盖森林之利,不徒资材用,便游憩而已。老干参天,浓阴

---

　　①　武胜关：位于河南与湖北两省交界处,扼控南北交通咽喉,是古义阳三关之一,大别山隘口之一。
　　②　许：指河南许昌。
　　③　郑：今郑州,民国时叫郑县,属河南省管辖。
　　④　正定：位于河北省西南部。古称常山、真定,与北京、保定并称"北方三雄镇"。
　　⑤　井陉：指位于河北省西部边陲的井陉县。
　　⑥　阳曲：阳曲县,号称太原之北大门。
　　⑦　觏(luó)缕：详细而有条理地叙述。
　　⑧　怅(chéng)触：触动,感触。
　　⑨　亟：迫切,急迫。
　　⑩　童山：指不生草木的光秃秃的山。
　　⑪　用：因而。
　　⑫　上腴：指最肥沃的土地。

蔽日。则大雨不能一时着地，地面之水汽，亦不能同时蒸发。且能遮遏暴风，减其势力，使尘砂不至为害田圃。而近水之处，根柢蟠崛，土壤且为之益坚。其于农业，所益非细也。

吾国古者，斧斤①以时②。欧美今日，亦严滥伐之禁。其以此耶。以北方诸省，林木之美，元时纪载，犹可考见者。而今濯濯③，至于如此。亦可见民业之凋敝也。为之三叹。

---

① 斧斤：指各种斧子等砍伐工具。
② 以时：指只在一定的季节、一定的时候。孟子曰："斧斤以时入山林。"
③ 濯濯：山岭光秃秃的样子。

第六　借贷与保证（四）

　　孔子曰："人而无信，不知其可也。"又曰："与国人交，止于信①。"信之一字，实接人②律己，所不可须臾离者也。不必征③诸远也，请即以借贷与保证论之。

　　借贷不必其在金钱也。参考之书籍，应用之器具，苟为假诸他人者，皆当珍惜爱护，有逾己物。及期则取而还之。即有参考应用仍未毕事者，亦当请诸物主，得其允许，而后可以展④期。否则不容爽⑤晷刻⑥之约也。如是，则虽有乞假⑦，无损于人，人自不厌其再借。

　　至于保证，则尤为他人信我之征，焉可自隳其信用。法律于借主不能清偿所负时，保证人即当负代偿之责。诚以⑧非如是，则贷主将受意外之损失也。故为人作保证，当以审慎出之。然既作保

---

　　①　止于信：立足于诚信。止，根基。
　　②　接人：待人接物的意思。
　　③　征：证明，说明。
　　④　展：延长。
　　⑤　爽：背离，违背。
　　⑥　晷刻：日晷与刻漏，古代的计时仪器。晷刻之约，指规定的时限。
　　⑦　乞假：指借贷。
　　⑧　诚以：实在是因为。

证,则当视如己事,不容有丝毫推诿之心也。

　　信用难成而易败。一事之疏失,他人即将以为不信而疑之。故与人交涉之时,不可不兢兢致谨,正不独借贷与保证为然也。

立借据○○○今借到

○○名下银壹百元,言明按月八厘起息,限三个月本利一并归还。

此据

年　　月　　日立借据人○○○押

保证人○○○押

立保单○○○今保○○○至

○○公司充任职务,自任事日起,如有亏欠银钱货物及舞弊错误等事,均由保人赔偿理处。恐后无凭,立此存照

年　　月　　日保人○○○押

第七　国债(三)

国家制用,自有常经。然或猝遇非常及大兴作,每有借债之举。盖所以应急需也。

债有募于本国者,曰内债。有募自外国者,曰外债。财力雄富之国,鲜募外债,而内债则盛行焉。诚以国家债票,国民购之,较诸其他存款为可恃。而国家亦得以损有余补不足,集无用之款,而致诸有用之途也。

吾国人民,对于内债,恒淡漠视之,致国家猝有所需,不得不仰给①于外债。利息之重,折扣之巨,汇兑时之镑亏,无论矣。而他种权利,且有因之丧失者。昔楚子文毁家纾难②,孔子称其忠;汉卜式③输财助边,史迁高其义。彼无所利而为之者且如此,况购国家债票者,既享急公之名,复获殖利④之实耶。

---

① 仰给:依赖。

② 毁家纾难:倾尽家产来解救国家的危难。《左传·庄公三十年》载:"鬭穀於菟为令尹,自毁其家以纾楚国之难。"鬭穀於菟即楚令尹子文。

③ 卜式:西汉大臣,以牧羊致富。武帝时,匈奴屡犯边,他上书朝廷,愿以家财之半捐公助边。

④ 殖利:利益增值的意思。

第八　波斯老人(四)

波斯有老人,倦于事。呼三子至,曰:"吾一生劳苦,积田若干,屋若干,衣服器皿若干。今老矣,无能为矣。均产为四,吾留其一,以乐余年,其三以分授汝等。"

三子皆拜受。将出,老人曰:"止,名马十匹,宝剑一双,在我遗产之外者,今与汝等约,各出游三月,归以途中所为告我,其最善者则锡①之。"

三子皆欣然,曰:"谨诺。"各束装分道行。既还家,环集老人侧,老人一一抚慰之。

长子首自陈,曰:"此行也,止于逆旅。逆旅主人,将有远行,授儿以明珠一囊。归问其数,不知也。设②欺其不知而少之,则一生温饱矣。然儿不欲欺人以自利,即予之。"

老人曰:"善。虽然,若之所为,直道而已。非其有而取之,谓之盗。盗,恶名也。今如是,免于盗而已。"长子乃退。

仲子继进曰:"儿乘马渡河。中流见一稚子溺水,急下马救之。纤道送往其家。一村皆惊,以为义士。欲谢儿,儿不受而去。"

---

① 锡:古与赐同。
② 设:假定,假如。

老人曰："善。虽然，若之所为，称职而已。稚子入水，策马过之，世将谓若为何如人？"仲子闻之，亦心服。

于是季子起而言曰："儿尝乘马上峻坂，入巉岩。马鸣不前。儿下马，见一人酣卧悬崖上。稍一转侧，即下堕矣。俯首视之，仇人也。始而惊，继而喜，终而公私之念，交战于衷。曰：'乘人之不觉，以快其私仇，是细人①之行也。'乃醒②而起之，使舍危而就安焉。"

季子之言未终，老人改容曰："善哉！快意当前，而能自制，义也。以德报怨，仁也。使仇人内愧，智也。名马宝剑，非汝其孰能当之。"遂以赐季子。

---

① 细人：小人。
② 醒：叫醒。

第九　赠卫八处士①杜甫(三)

人生不相见,动如参与商②。今夕复何夕,共此灯烛光。少壮能几时,鬓发各已苍。访旧半为鬼,惊呼热中肠。焉知二十载,重上君子堂。昔别君未婚,儿女忽成行。怡然敬父执③,问我来何方。问答未及已,驱儿罗酒浆。夜雨剪春韭,新炊间黄粱④。主称会面难,一举累⑤十觞。十觞亦不醉,感子故意⑥长。明日隔山岳,世事两茫茫。

---

① 处士:指隐居不仕之人。卫八无考。
② 参与商:参、商两星宿东西相对,此出彼没。
③ 父执:父亲的老交情、老朋友。
④ 黄粱:黄小米,也叫糜子,可用于煮粥、做糕、做米饭和酿酒。
⑤ 累:接连地,一再地。
⑥ 故意:念旧的情怀,昔日的友情。

第十　弈喻钱大昕①（三）

　　予观弈于友人所。一客数败，嗤其失算，辄欲易置之，以为不逮己也。顷之，客请与予对局，予颇易之。甫下数子，客已得先手。局将半，予思益苦，而客之智尚有余。竟局数之，客胜予十三子。予赧②甚，不能出一言。后有招予观弈者，终日默坐而已。

　　今之学者，读古人书，多訾古人之失。与今人居，亦乐称人失。人固不能无失。然试易地以处，平心而度之，吾果无一失乎？吾能知人之失，而不能见吾之失；吾能指人之小失，而不能见吾之大失。吾求吾失且不暇，何暇论人哉！

　　弈之优劣有定也，一着之失，人皆见之，虽护前者不能讳也。理之所在，各是其所是，各非其所非，然则人之失者，未必非得也。吾之无失者，未必非大失也。而彼此相嗤，无有已时，曾观弈者之不若已。

――――――――――

　　①　钱大昕（1728—1804）：清代史学家、汉学家。江苏嘉定（今上海市嘉定区人）。钱大昕是中国 18 世纪最为渊博和专精的学术大师，生前就已是饮誉海内的著名学者，被认为是"一代儒宗"。

　　②　赧（nǎn）：难为情，羞愧。

第十一　卫生（三）

　　赤子入水蹈火而不惧者，不知水火之险也。世间害身之物，触处皆是，不知自卫者，往往受其害而不自知。与赤子之入水蹈火，将毋同①？

　　我国之人，纵欲亡身者无论矣，其以卫生之失宜，而死于非命者，一岁之中，何可胜数。行其道，街衢狭隘，茅厕栉比，水沟淤塞，粪秽狼藉。入其家，院落如井，屋宇卑湿，食品饮料，举②不精洁。呜呼！人命至重，奈何不自爱惜，至于斯极乎？他国之民少而强，中国之民多而弱，其故非一端，而卫生之不讲，其大者也。

　　或曰："中国之人，亦有享长寿者，安见其不合卫生。"不知人民之寿夭，当合全国以为衡，而不当举一二得天独厚者以自解。欧美诸国，自厉行卫生政策以来，人寿之中数③，恒优于往日。中国户籍缺略，死亡之数，不能详知，设一考之，必有骇然色变者矣。况弱与

────────────

①　将毋同：恐怕没什么不同。《世说新语・文学》："阮宣子有令闻，太尉王夷甫见而问曰：'老庄与圣教同异？'对曰：'将无同？'太尉善其言，辟之为掾。世谓'三语掾'。卫玠嘲之曰：'一言可辟，何假于三！'"

②　举：全部。

③　中数：居中、折中之数。

短折①,同为六极②之一,即不遽死,而精力委靡,志气销沉,为学必不能深造,临阵必不能力战,何以立于万国竞争之世乎? 然则强民之道,安得不以卫生为急务哉?

---

① 短折:短命夭折。
② 六极:六种极凶恶的事。《尚书·洪范》:"六极:一曰凶、短、折,二曰疾,三曰忧,四曰贫,五曰恶,六曰弱。"

第十二　述蒙古情形书(四)

辱赐书,问以蒙古近状。弟虽到张家口①,于内蒙所见尚浅,无论外蒙也。然以拟作蒙游故,见久旅于彼者,辄以近状问讯之,亦颇有所闻。姑录一二,以奉告焉。

蒙古沙漠,一望无垠。虽有湖泽,不过如海中岛屿,略资点缀而已。其气候,夏期昼极热而夜仍寒,秋冬寒威尤烈。沙漠中时有劲风,扬沙石,卷人畜,为害颇甚。蒙人多事游牧,逐水草迁徙。旅行其间者,锅帐食粮,以及日用各物,均须备带。无货币,交易皆以实物,极为困难。然奉、直、鲁、晋②诸省人,经商其地,获利者颇多,亦可见其冒险性质之富也。

蒙人佞③佛,崇信喇嘛④。又无教育,智识颇乏。然男女体格,皆极壮健。尤长骑乘,论者谓其胜于哥萨克骑兵云。苟能练成劲旅,则北徼⑤万里,守备不虞⑥其不固矣。惟是军事运输,最贵灵捷。

---

① 张家口:位于河北省西北部,连接京津、沟通晋蒙的交通枢纽。

② 奉、直、鲁、晋:奉为奉先,即今沈阳市;直是直隶,为河北省的旧称;鲁指山东;晋指山西。

③ 佞(nìng):讨好、奉承的意思。佞佛指迷信佛教。

④ 喇嘛:藏传佛教对佛教僧侣之尊称。

⑤ 徼(jiào):边界、边境的意思。

⑥ 虞:忧虑之意。

今者张绥铁道①,虽渐告成。然策应仅及蒙边,校诸西伯利亚及东三省铁道,灵捷尚远逊也。兴筑之图,不容缓矣。

　　沙漠之地,骤观似荒瘠不毛,实则水草丰美之处,所在多有,所谓沙漠田也。北方诸省人,垦殖其间者亦甚多。清时汉蒙交通,设有禁例,犹能如此,况今日乎。惟待蒙人之道,当以联情感,兴教化,戒欺诈为要。此则有志经营北徼者,所不可不知也。

蒙古沙漠图

① 张绥铁道:1908 年,詹天佑建造了从北京到张家口的铁路,又计划将铁路由张家口再延长到绥远。绥远简称绥,省会归绥(今呼和浩特市),在今内蒙古自治区中部。直到 1923 年,该铁路才通到包头。

第十三　蜃说 林景熙①(三)

　　尝读《汉书·天文志》,载海旁蜃气象楼台。初未之信。

　　庚寅②季春③,余避寇海滨。一日饭午,家僮走报怪事,曰:"海中忽涌数山,皆昔未尝有,父老观,以为甚异。"余骇而出,会颍川主人④走使⑤邀余。既至,相携登聚远楼东望。第⑥见沧溟浩渺中,蠢如奇峰,联如叠巘,列如崒岫⑦,隐见不常。移时,城郭台榭,骤变欻⑧起,如众大之区,数十万家,鱼鳞相比⑨。中有浮图⑩、老子之宫,三门⑪嵯峨,钟鼓楼翼其左右,檐牙⑫历历,极公输⑬巧不能过。

---

　　①　林景熙(1242—1310):字德旸(一作德阳),号霁山,温州平阳(今属浙江)人。南宋末期著名爱国诗人,学者称"霁山先生"。

　　②　庚寅:此处当指元至元二十七年(1290)。

　　③　季春:农历三月。

　　④　颍川主人:指林景熙寄居之家的陈姓主人。陈姓世代为颍川大姓,因此以颍川代称陈姓。

　　⑤　走使:差遣仆人的意思。

　　⑥　第:次第先后的意思。

　　⑦　崒岫(zú xiù):险峻的山峰。

　　⑧　欻(xū):迅速地,忽然地。

　　⑨　鱼鳞相比:指数十万家排列如鱼鳞一般。

　　⑩　浮图:指的是佛塔。

　　⑪　三门:佛教堂塔之建筑物,称三门。其形状如阙,有三个门,故称三门。

　　⑫　檐牙:中国古建筑中高高翘起的屋檐之角。

　　⑬　公输:春秋时期鲁国人,公输氏,名班,即鲁班。

又移时，或立如人，或散如兽，或列若旌旗之旆①，瓮盎②之器，诡异万千。日近晡③，冉冉漫灭。向之有者安在，而海自若也。《笔谭》④记登州⑤海市事，往往类此。余因是始信。

噫嘻！秦之阿房，楚之章华⑥，魏之铜雀，陈之临春、结绮⑦，突兀凌云者何限。运去代迁，荡为焦土，化为浮烟。是亦一蜃也，何暇⑧蜃之异哉！

---

①　旆（pèi）：本意是古代旌旗末端形如燕尾的垂旒。

②　瓮盎：陶器。

③　晡（bū）：指午后三点至五点这段时间。

④　《笔谭》：指北宋沈括的《梦溪笔谈》。

⑤　登州：古代山东半岛上的州府名，行政区划数有变化，但烟台、蓬莱、文登、威海这些沿海的区域始终包括在内。沈括的《梦溪笔谈》中就有"登州海市"一篇，描写他所见到的海市蜃楼。

⑥　章华：指章华台，又称章华宫。东汉边让作《章华台赋》，借楚灵王修建极尽奢华的章华宫之事，针砭时事。

⑦　陈之临春、结绮：南朝陈后主兴建的奢华楼阁。刘禹锡《台城》："台城六代竞豪华，结绮临春事最奢。"

⑧　何暇：岂但的意思。

第十四　说海(三)

海居地面四分之三,有极浅者,亦有深至万二千尺者。凹凸殊状,与地面同。今所见之岛屿,即没水之山顶也。

江河之水,皆归于海。然海面之水,时化为汽。其所纳之流质,与所化之汽质相等,故水不加多也。汽上升为云,由云而化为雨雪。江河沟涧之水,皆源于此。

海水受风力掣动,则生大浪,奔流迅速。月摄海水,旋涨旋落,一日两次,名曰潮汐。潮涨之时,海水趋近海滨,江湖之口受之,则船易入口。潮落时,复有螺蛤水草之属,遗其间焉。

海水有常流①。或自热带流至两极,寒地受之,温煦宜人。或自两极流至赤道,热地受之,清凉可爱。两极之海,水常结冰。漂浮若山,至温暖之地而解。

海底有泥石、沙砾、螺蛤之壳,及动植物腐烂之质。亦有苔藻之类,与陆地植物迥异。其动物,有鳞甲轻利,游泳剽捷者。有身负甲介,举动累重者。有生鳍如翼,离水而飞者。亦有全体无行动具,但附石而生长者。故海也者,物产之渊薮②也。

---

　①　常流:指洋流。

　②　渊薮(yuān sǒu):泛指人和事物集聚的地方。渊,鱼聚之处。薮,兽聚之处。

第十五　哥仑布①（四）

　　哥仑布，意大利人也。少好航海，年十四，即随商人东游印度。时欧人未知地圆之理，哥仑布独深信之，谓西方必有陆地。众皆笑之，哥仑布不之顾。然哥仑布家贫，欲西行以实其言，而不能具舟。求助于葡萄牙、英吉利，皆不得志。后西班牙女王然其言，畀②以三船，使百二十人与俱。

　　时同行者皆迫王令，非所欲。又多迷信，惶扰万状。见火山，则谓入火国。风偶平，则谓出风界外。风作，又谓堕风穴中。甚有呼上帝，谓背神蔑理之举，皆哥仑布所为，罚宜降彼，于我无与者。行两月，无所得，皆求返棹，哥仑布不许。众乃谋杀之。哥仑布侦知之，与众约，更西行三日，无所得，则东归。众许之。行未几，见荇藻之属，随流而下，知前途必有陆地，乃更鼓勇进。又三日，见小鸟成群至，则陆地已在目前矣。

　　论曰：哥仑布之西航也，在公元千四百九十二年，当中国明孝宗时耳。吾闻美洲人言，太平洋东岸，尝掘地得古庙。断为中国僧

---

　　①　哥伦布（1451—1506）：意大利热那亚人，举世闻名的探险家、航海家。1492年10月12日，哥伦布发现美洲大陆。开辟了横渡大西洋到美洲的航路，证明了大地球形说的正确性，促进了旧大陆与新大陆的联系。

　　②　畀（bì）：给予之意。

徒所建,在距今千年前。则其早于
哥伦布者,且六七百年矣。欧土之
广,不过亚洲四之一。地狭民稠,
生息至蕃,乃谋辟新地于海外。今
南北美二洲,面积略与亚等。生息
其间者,皆白人子孙也,华人之工
作于美者,顾不免为其所奴视。不
龟手之药一也,或以霸,或不免于
洴澼絖①。人之度量②相越③,固
甚远欤!

哥伦布

---

　　①　不龟手之药一也,或以霸,或不免于洴澼絖:这句话出自《庄子·逍遥游》,只是
把"或以封",改为"或以霸"。意思是说,华人发现美洲大陆或许比哥伦布更早,但哥伦布
凭借这一发现,把美洲变成了欧洲人的殖民地,而华人却在那里做着被视为奴隶的劳工。
　　②　度量:此指识度、野心。
　　③　相越:意为相去、相差。

第十六　公司上(二)

　　有物于此，一人之力弗能举，合数人之力，则举之矣。数人之力弗能举，合十数人或数十百人之力，则举之矣。人愈多，力愈厚。物虽重，鲜有不胜者。公司之设，理本于是。

　　公司创自西人。近则华商亦多仿办。因设立之人数，与所集之资本，及其责任广狭，组织异同，而分为无限公司①、两合公司②、股分有限公司③、股分两合公司。国家特以法律规定之。观其名称，即可知其性质，所以昭信用也。公司股东，休戚相共，故人无异心；彼此相维，故举无败事。集众智以为智，萃众能以为能，纠④众财以为财。不特商人承其利，即世界非常事业，亦多借以振兴焉。如法

①　无限公司：由两个以上无限责任股东组成，股东对公司债务负连带无限责任的公司形式。

②　两合公司：是以共同商号进行商业活动的公司。其股东的一人或数人以其一定的出资财产数额而对公司的债务负责任(有限责任股东)，其他股东负无限责任。无限股东是法律上的经理，但并不排除有限股东按合同参与领导公司，与只计资本出资的有限股东相比，无限股东有权获得更多的利润分成。

③　股分有限公司：即股份有限公司，是指全部资本分为等额股份，股东以其所持股份为限，对公司承担责任，公司以其全部资产对公司的债务承担责任的公司。股东大会是公司的权力机构；董事会是公司业务执行机构、经营决策机构；董事会聘任经理，经理在董事会领导下，负责日常经营管理工作。另外还有监事会负责监督公司的经营活动。

④　纠：集合。

人雷赛①,设公司以开苏彝士运河。而欧亚通航,益臻便捷,其明证也。

---

① 雷赛:指19世纪的法国外交官斐迪南·德·雷赛布。他在埃及担任外交官时,曾任后来成为埃及总督的赛义德·巴夏的家庭教师。1854年应巴夏之邀,雷赛布重回埃及。巴夏同意由雷赛布来主持苏伊士运河的开凿工程。雷赛布于1858年底成立了国际苏伊士运河股份有限公司以获得资金,并终于在1869年完成工程。

第十七　公司下(二)

　　其并数公司或数十公司,而成一大公司者,西语谓之托拉斯。美商洛克菲勒实首倡之,以营石油业。举国实业家,群起而效之。及于近年,美全国资本,为各托拉斯所掌理者,殆十八九云。

　　托拉斯之为利,可以利用最新最大之机械,劳力少而产物多。一也。原料之购入较廉,制出之物,亦随之而廉。二也。能利用废物,造出种种副产品,使无弃材。三也。无同业之竞争,可以免物价之起落。四也。规模闳大,投资者少所顾虑。五也。劳力者托业,可以久远。六也。工场遍于全国,运费可以节省。七也。

　　然全权委诸一二人之手,责任既重,端绪甚繁,统一之,监督之,大非易事。苟不得其人,一有蹉跌,全局失败矣。天下事有利必有弊,岂徒托拉斯然哉!

第十八　汽船汽车(三)

汽机①之发明,在距今二百年前,特用以吸水而已。千八百有七年,美福尔敦②始以之制汽船。

汽船之始成也,航行于法塞纳河。行未久即沉,人多笑之。福尔敦不为动,再试之,成。自哈得孙河③出航海。大张广告,招人试坐,应之者十二人而已。出海未久,复不行。福尔敦察知其机有病,急修整之,遂安行无阻。后二十三载,而有斯替芬孙④之发明汽车⑤。斯替芬孙,英人,少好机械之学。时英人已知以轨道行车。然多曳以马,行缓而费巨。斯替芬孙思代以蒸汽力。日夜专思其事,屡造屡改。既成,受英会社之托,筑铁道于利物浦⑥、曼彻斯他⑦

---

① 汽机:即蒸汽机。英国人詹姆斯・瓦特(James Watt)1776 年制造出第一台有实用价值的蒸汽机,之后在工业上得到广泛应用。蒸汽机的发明标志着第一次工业革命的开始,使人类进入"蒸汽时代"。

② 福尔敦(1765—1815):美国著名工程师,制造了世界上第一艘以蒸汽机作动力的轮船"克莱蒙特号"。

③ 哈得孙河(Hudson River):美国纽约州的一条大河,被视作纽约州的经济命脉。

④ 斯替芬孙(George Stephenson,1781—1848):英国工程师,发明了第一台蒸汽机车"旅行者号",使得铁路交通得到了迅速发展。

⑤ 汽车:这里是指蒸汽机车。

⑥ 利物浦(Liverpool):是英格兰西北部的一个港口城市,英国第四大城市。

⑦ 曼彻斯他(Manchester):今译作曼彻斯特。是以棉纺工业为中心的英格兰第二大城市,也是世界上第一座工业化城市。

间。车始行,有乘骏马与之竞者,不转瞬,已落后矣。

论曰:汽车之始创也,一小时仅行十五英里。汽船之始创也,百五十英里,行三十二时而达。以今视昔,诚大辂之有椎轮①耳。然而创作之功,不可忘也。《易》曰:"备物致用,立成器以为天下利,谓之圣人。"其重之也如此,而后世视为百工之业,士屏②弗与齿。此瑰伟绝特之士,所以出于异域,而不出于中国欤!

---

① 辂:古代木制的车。椎轮,原始的无辐车轮。大辂椎轮,指事物之草创也。

② 屏:排斥,摒弃。

第十九　飞艇飞机(三)

二十年前,告人曰:吾能飞行空中。人孰不笑其诞。然至今日,欧洲战争,飞艇飞机,居然效力于疆场矣。

飞艇之制,仿自气球。盖凡物重则沉,轻则浮。在水中然,在空气中亦然。制一球焉,中实以数多盛轻气之小球。则其体校空气为轻,自能上升而无阻。但气球不能行止自如,而飞艇则又有机焉,以制其进退旋转耳。

飞机之作,取法于鸟。鸟之所以能飞者,一以其体之

飞机

轻,一以其翼与尾之动作。而飞机则亦有尾以司其进行,有翼以平其风力。其别以发动之机动其尾,则犹汽车之以轮行车,以机鼓轮也。

飞艇之内,可载小号枪炮,用以攻击敌军,破坏其桥梁、车站、船

坞、火药厂等。飞机之用，主于巡逻阵地，侦察敌情。中亦载有机关枪、炸弹等，可以伺便袭击。于是空中之战争，与海陆无殊。夫岂前人所能逆料乎？

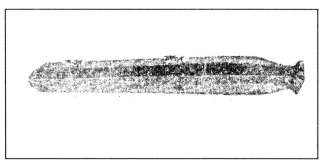

飞艇

第二十 空气之自述(三)

吾为谁,固夫人而知之矣。听之若有声焉,触之若有觉焉,而人卒莫吾睹也。弥漫磅礴乎两间,氲氲焉,氤氤焉,无远弗届,无微不至。世苟无吾,则天地永闭,万物之灭久矣。

大块噫气①,吾乃鸣条②。人闻其声,名吾曰风。吾静而止,人莫吾觉。吾常渐③人,若水渐鱼。当是时也,谓吾空气。微吾之力,将火弗能然,草弗能长,鸿飞焉而不举,莺啼焉而无声矣。吾劳如何,爰④作俚歌。歌曰:

风之来兮,畴⑤实见之。林木刁刁,枝叶摇曳兮,吾其在斯。风兮风兮,实空气之转移兮。发育万物,无宁息,无偏私兮。为而不有⑥,人亦不以吾为奇。人不吾奇兮,托风以自鸣,谁曰不宜。

---

① 大块:大地,天地之间。《庄子·齐物论》:"夫大块噫气,其名为风。"
② 鸣条:风吹树枝发出的声音。
③ 渐:这里是淹没的意思。
④ 爰:于是。
⑤ 畴:田地。
⑥ 为而不有:意思是万物以我为生而我不占有任何一物。

第二十一　万物（三）

　　美矣哉！宇宙间之万物也。仰而观之。昼则日光照耀，夜则月色清妍。其色青苍，其形圆穹者，天也。光明闪烁，若金刚石之悬于天空者，众星也。俯而察之。红葩绿叶，四野弥望，森然而成阴者，树木也。飞鸣上下于其间者，众鸟也。溪涧逶迤于山谷，高山壁立于天际。万象杂陈，目不暇接。世人好入骨董肆，把玩珍奇。岂知宇宙间万物，乃一大骨董肆乎？

　　植物之大者，如百尺之松，小者如一点之菌。动物之大者，如昂藏之象，小者如纤屑之微虫。其中皆有至理焉，在有心人之细察耳。

　　然万物虽美，岂能及人之万一乎。其躯体之奇妙，博学家已不能详说。至其心之灵明，则更不可思议矣。此人所以为万物之灵，而不可不自重也。

第二十二　天然力（三）

　　物之为用，初皆成自天然。后以人类欲望，不以此为已足。于是凡所享用，无不加以人工。然天地间自然之力，足以辅助人工者，又悉数难终也。

　　水似弱也，而因其就下①之性，可以运舂。风似虚也，而因其鼓动之性，可以张帆。农田灌溉，戽②水为劳，而因蒸汽循环，则种树可以御旱。山海暌隔，消息莫闻，而因电力震动，则设器可以通问。推之③因沸鼎而造机轮，因气压而制飞艇。吾人所惊为创获之事，要皆天然力之效也。

　　凡此诸端，方其未发明时，举世鲜有知者。自一经利用，其效大著，则相率骇叹，以为神奇，而不知其理固长存于天壤间也。天然之美利，启发之而不穷。人类之智慧，运用之则愈出。诚能即所已知，推所未知，好学深思，锲而不舍。天然力之为吾用者，又宁可量耶？

---

①　就下：即下，指水往下流。
②　戽（hù）：指汲水灌溉的农具戽斗。
③　推之：推而论之。

第二十三　名山大川上(三)

　　我国富于名山大川。山脉之长者，至万数千里。山峰之高者，至数万尺。若夫长江大河，其源委亦近万里。诚宇内之壮观也。

　　山脉起于帕米尔高原，分四大支。最南者曰喜马拉雅，界藏印间，即佛经之须弥山也。其高为世界诸山脉最，故称妙高山。又以其四时戴雪，称为大雪山。佛出家修行于此。

　　次北为昆仑山，自新疆入青海、西藏之间。汉族西来，实循此脉。相传有黄帝之宫，颛顼诸帝之台，其后周穆王亦尝游此，今不可考矣。

　　又北为天山山脉，自新疆东行入陕甘。唐李白诗曰："明月出天山，苍茫云汉间。长风几万里，吹度玉门关。"足知其高爽而雄阔矣。

　　其东北行之一支，曰阿尔泰山脉。为蒙古与西伯利亚之界。匈奴、突厥、回纥、蒙古，皆兴于此。北齐斛律金歌曰："敕勒川，金山下。天似穹庐，笼盖四野。天苍苍，野茫茫，风吹草低见牛羊。"其景象今犹宛在也。

第二十四　名山大川下（三）

　　山河分界之处，地势既殊，人民之风俗，亦随之而异。大河者，我国北部巨川也。发源于青海，绕积石①而入甘肃，循行陕西、山西之间，由河南、直隶至山东，而入于海。俗谓之黄河。长江者，我国南部巨川也。亦发源于青海，循行四川、云南之间，由湖北、江西、安徽至江苏，而入于海。其下流亦称扬子江。

　　江、河两流域，风景气候，迥乎不同。雁度寒云，马嘶古道。崇山峻岭，陡开大阳。旷野平林，烟火攒簇。此黄河流域之大观也。青峦碧峰，处处点缀。虾房蟹舍，柳堤花坞。水乡人家，桔槔②声起。此长江流域之大观也。

　　是以大河流域之人民，气象豪健，不挠不屈，多悲歌慷慨之士。长江流域之人民，性情聪敏，富于理想，有灌输文化之功。美哉山河！诚吾国之瑰宝也。

---

　　①　积石：指积石山。黄河到达玛多城后，河水绕过一列赤红山脉，名叫积石山，藏名叫阿尼玛卿山，意为黄河之祖。积石山又称为玛积雪山，在青海东南部，延伸至甘肃南部边境，为昆仑山支脉。

　　②　桔槔：古代汉族农用工具，一种原始的汲水工具。商代开始采用。

第五册

第一 原国(三)

社会相群而成国,家为社会之起点,亦即国之起点也。有家则有子孙,子孙繁衍,则成为族。族大人众,则分为部落。部落者,未完全之国也。部落既盛,其邻近部落,或自愿归附,或以兵力兼并之,则成为国矣。

今日地球之大国,其立国之始,本皆甚小,不过一族之结合耳。迨①势力渐盛,归附日众,兼并日多,则国亦渐大。然国人之语言、风俗,遂有因之而大异者,结合之,同化之,是则有国者之责也。

既能统一于内,必求发展于外。往古诸国,所以兼弱攻昧,取乱侮亡②,皆是道也。今世界大通,竞争益烈。强盛之国,又远出觅地而经营之,谓之殖民地。殖民地之土民,其性情风俗,相隔太远,大抵不能与本国之民,享同等之权利也。

---

① 迨(dài):等到,达到。

② 兼弱攻昧,取乱侮亡:意思是兼并弱国,攻打昏昧的君主;夺取乱邦,侵侮战败灭亡之国。出自《尚书・仲虺之诰》:"佑贤辅德,显忠遂良,兼弱攻昧,取乱侮亡,推亡固存,邦乃其昌。"

第二　达尔文^①（二）

达尔文

达尔文，英国人也。著《种源论》考证人类及诸生物，皆由下等动植物，次第进化而至。乃立公例，曰：物竞天择，适者生存。大旨谓物之孳生无穷，而地之容积有限。任何生物，有生而无灭，转瞬间可占尽全球。故凡物皆不能无竞。类愈近则争愈剧，争愈剧则优劣愈显，胜败亦愈相悬，而适者出焉。凡诸不适者，自然归于消灭，谓之天然淘汰。以人力为之别择，为之改变，谓之人为淘汰。淘汰不已，种乃日进。

自达氏之论定，一切邦国、种族、宗教、学术，未有能出此公例外者。不优则劣，不胜则败，不适则不能生存。其机^②间不容发^③。人生于世，当战兢惕厉，求所以适存之道，则达氏之志也。

---

① 达尔文（Charles Robert Darwin，1809—1882）：英国生物学家，进化论的奠基人。著《物种起源》一书，提出生物进化论学说，从而摧毁了各种唯心的神造论以及物种不变论。

② 机：指机缘。

③ 间不容发：喻两事物之间的空隙之小。

第三　动物之保护色(四)

芸芸万汇①,各争自存,适焉者昌,不适焉者亡。而适与不适,其机至微,往往有为人所不及察者。若动物之保护色,其最著者也。

保护色,视所居之地而异,所以防侵害,便攻击也。草木间之昆虫,止于叶者多绿色,或似鸟粪。居于干者多褐色,似木皮。处沙漠中者,则色类沙。

蝙蝠、鼷鼠②,昼伏夜出,则黑色。浮游动物,常在水中,则多透明。寒带动物,居冰雪中,则色多白。热带草木,四时不凋,则鸟类每作绿色。

琉球③、印度,及马来群岛,有绀蝶④焉。翅之表面极美,而里面

保护色上

---

① 万汇:指万物,万类。鲁迅《坟·科学史教篇》:"探万汇之原因,问大地之动定。"

② 鼷(xī)鼠:小家鼠。

③ 琉球:台湾岛的古称。

④ 绀蝶:昆虫名。晋崔豹《古今注·鱼虫》:"绀蝶,一名蜻蛉。似蜻蛉而色玄绀。辽东人呼为绀幡……好以七月群飞暗天。"

保护色下

则无异枯叶。栖于树,戢①其翅,人莫知其为蝶属也。尺蠖②栖于桑,后部四足,附着枝上。首悬于空间,吐细丝络于树,以支柱其体,若桑之幼枝,人莫知其为虫类也。凡此皆所以防侵害也。

非洲有避役③,善捕蝇。其色时黄时白,时绿时褐,视所止之树而易。爪哇④有蜘蛛,结网树枝,踞其上,形似鸟遗⑤。有嗜鸟遗之虫类,误止焉,则捕之。此皆所以便攻击也。

变色

① 戢(jí):收敛。
② 尺蠖(huò):尺蛾科昆虫幼虫的统称。
③ 避役(Chamaeleonidae):俗称变色龙,爬行类动物之一种。
④ 爪哇(Java):万岛之国印度尼西亚的第四大岛。印度尼西亚首都雅加达就在爪哇。
⑤ 鸟遗:鸟粪。

又有所谓警戒色者,如虎之斑斓,熊之黑质,豹之钱纹,兕①之苍革,鹫之金目,蛇之赤斑是已。盖保护色者,所以避他动物之目,使不及觉。警戒色者,所以触他动物之目,使不来犯。一欲其隐匿,一欲其显著,虽相反,适相成也。

生物之妙,可谓无奇不有矣。而夷考②其故,曰争生存。呜呼!竞存之义大矣哉。

---

① 兕(sì):犀牛。

② 夷考:考察。《孟子·尽心下》:"夷考其行,而不掩焉者也。"

第四　罗马武士(三)

　　昔罗马之都城,依铁波尔河①为固。会有寇至,罗马人少,不能迎敌,凭河待之而已。敌大至,将渡河而南。父老忧之,募能毁河上之桥,以阻敌骑者。敌亦出死力争之,呼声动地。

　　有霍律低者,方要敌②河上。见敌将据桥而渡,号于同侪曰:"事急矣。若尽退,留二人助我,坏此桥,无为敌人有也。"桥将圮,复令其二人速退。既渡而桥断。霍律低濒河而战,流矢中其目,气不稍衰。望罗马而歌曰:"浩浩铁波尔,郁郁罗马城。城能卫我家,河能障敌兵。矧③我为国民,不及河与城。一夫苟敢死,敌骑敢纵横?"

　　歌毕,耸身入河。倏忽间,已凫近彼岸,国人见者,皆呼万岁。时敌人数千,隔河而观,亦深以为忠勇,则亦大呼,为霍律低贺。

---

　　①　铁波尔河(Tiber River):今多译作台伯河,为意大利的第三大河。
　　②　要敌:半路阻击敌人,挑战敌人。
　　③　矧(shěn):况且,何况。

第五　塞木披来之战(四)

西洋史上,以勇敢善战著闻者,无过斯巴达^①人。当波斯之大发兵击希腊^②也,希人以斯巴达君留尼达^③御之。波军势甚盛。留尼达所部,仅三百人。益以他邦军士,亦不过数千人。众寡之势,盖悬绝也。

有要隘焉,曰塞木披来。左滨大海,右扼崇山,形势至险。留尼达屯兵隘上,誓以死守。波军至,急攻。留尼达坚拒之,斩获无算^④。相持数日,波军困甚,乃以重金募破隘之策。

会希人有卖国者,知有间道,可绕出要隘后,逃入敌营,为之画策。波人喜,潜师以入。留尼达徇于军中曰:"事急矣。有愿归者,请速去。"众皆散。独

希腊战士

① 斯巴达:位于希腊半岛南部的拉哥尼亚平原,是古代希腊城邦之一。斯巴达以其严酷纪律、独裁统治和军国主义而闻名。

② 波斯之大发兵击希腊:指古代波斯帝国为了扩张版图而入侵希腊的三次战争中的一次。波斯人此番入侵是在公元前480年,两年后,双方签订《卡里阿斯和约》,波斯帝国从此承认小亚细亚之希腊城邦的独立地位,并且将其军队撤出爱琴海与黑海地区。

③ 留尼达:斯巴达城邦之君主。鲁迅先生译作"黎河尼佗",称之为"斯巴达之魂"。

④ 无算:不计其数。

三百健儿,愿与共死。

斯时也,波军如潮涌,而三百人阳阳无惧色,趋前杀敌,当者辄靡①。转战既久,矛断不可用,则抽佩刀继之。正酣战间,留尼达毙于阵。波人气益壮,直前奋击。而此零落不完之三百人,犹能力御波军,取胜者四。

波军愤甚,济师合围之。斯巴达人知粮尽援绝,万无侥幸理。乃登小山列阵,相背而立,以面临敌。佩刀断,继以匕首。匕首缺,继以徒搏。力竭而歼,无一人降者。鸣呼！烈矣。

---

① 当者辄靡：是说抵挡他们的敌人都倒下了。

第六 吴士方孝孺①(二)

　　吴士好夸言，自高其能，谓举世莫及。尤喜谈兵，谈必推孙吴②。

　　遇元季③乱，张士诚④称王姑苏，与国朝⑤争雄。兵未决。士谒⑥士诚曰："吾观今天下，形势莫便于姑苏，粟帛莫富于姑苏，兵甲莫利于姑苏。然而不霸者，将劣也。今大王之将，皆任贱丈夫，战而不知兵，此鼠斗耳。王果能将吾，中原可得，于胜小敌何有⑦?"士诚以为然。俾为将，听⑧自募兵。戒⑨司粟吏，勿与较⑩赢缩⑪。士尝

---

①　方孝孺(1357—1402)：字希直，浙江宁海人。明朝大臣、学者、文学家。因拒绝向发动"靖难之役"的燕王朱棣投降，被朱棣凌迟处死。

②　孙吴：指的是春秋战国时期的《孙子兵法》与《吴起兵法》。

③　元季：指元末。

④　张士诚(1321—1367)：原名张九四。元末江浙一带的义军领袖与地方割据势力。元至正十三年(1353)，率盐丁起兵。次年，在高邮称诚王，国号周，年号天佑。十六年，定都平江(今江苏苏州)。

⑤　国朝：本朝，指明朝。此处意为明太祖朱元璋的军队。

⑥　谒(yè)：拜见，求见。

⑦　何有：用反问的语气表示不难，即"何难之有"的意思。

⑧　听：听任。

⑨　戒：告诫。

⑩　较：计较。

⑪　赢缩：多少。

游钱塘,与无赖懦人交,遂募兵于钱塘,无赖士皆起从之,得官数十人,月糜①粟万计。日相与讲击刺坐作②之法,暇则斩牲具酒,燕饮其所募士。实未尝能将兵也。

李曹公破钱塘。士及麾下③遁去,不敢少格④。搜得,缚至辕门诛之。垂死,犹曰:"吾善孙吴法。"

---

① 糜:消费,花销。
② 作:起立。
③ 麾(huī)下:手下,部下。
④ 格:战斗。

第七 国货(四)

生利之事,分功协力而已。分之愈精,斯合之愈广。合之愈广,则其所生之利愈多。此通功易事①之原理也。推之国际,何独不然。

虽然,因世界之大通,出吾之所有以与人易,而吾因得益专力于所长,可也。若如吾国今日,外货一入,国货立即衰颓。国民日用所需,几尽仰给于外国,则不可。何则? 是非贸易,而负债也。

今国人竞言提倡国货矣,然其效卒鲜。何哉? 不知改良制造,以从事于其本。徒欲激厉国民之爱国心,以抵制外货也。夫人之购物,必以自利为动机。岂能尽律以爱国之义。且苟物美价廉,则于购者为有利。今以爱国故,而勉购不廉不美之物,则其所损,亦仍在我国民耳。何益焉?

惟是国货之振兴,亦恃乎国民之奖劝②。我国今日,新工业方在萌芽,自不能与外国工业之久经发达者比。若以国货稍有未善,而即去之不顾焉,则此方始萌蘖之新工业,将永无发达之期矣。况国货之价本廉,物本美者,而亦炫尚新奇,惟外货是趋乎?《书》曰:

---

① 通功易事:分工合作,互通有无,拿多余的东西去交换自己没有的东西。《孟子·滕文公下》:"子不通功易事,以羡补不足,则农有余粟,女有余布。"
② 奖劝:褒奖鼓励。

"惟土物爱①，厥心臧②。"我国民其深念之哉。

---

① 惟土物爱：惟爱土物。土物，指脚下的土地之所生。
② 臧：好的，善的。此处指其心良善。

第八　工业(四)

今世富强之国,农商之业,固甚注重。然其所恃以吸收异国之财富者,实尤在于工业。盖其工业常利用机械,成物之精,出货之速,均远非人力所及。且人力所不能造之物,机械多能造之。而又借商业为之先驱,以农业为之后劲。他国民固有之生业①,遂不免为其所夺矣。生计既蹙,则知识因之而卑。财政既窘,则兵力缘之而弱。今日未开化及半开化诸国,所以日②贫日蹙,驯致③于亡者,皆此之由。可不惧哉!

或谓欧美以工业勃兴故,财产之分配,乃愈不平均。全国之资本,为少数富豪所掌握。贫困之人,无尺地可以自立。此实最为不幸之事,抑未始非隐忧所伏也。不知此亦惟前无所鉴,未能预为之防者则然耳。苟能以去泰去甚④之计,为防微杜渐之谋,亦岂至此。且彼国之贫富,虽不平均。然贫者富者,皆在国内。总计其国富,夫固日有所增殖也。我国今日,苟不能急起以与之竞,将举国之财富,尽为他人所吸收。人为雇主,我为劳佣矣。可不惧哉!

———

①　生业:指生存之所需。

②　日:一天天。

③　驯致:渐渐地走到,逐步地达到。

④　去泰去甚:做事要适可而止。泰、甚,皆过分之意。《韩非子・扬权》:"故去甚去泰,身乃无害。"

第九　汉冶萍公司^①(三)

汉冶萍厂

客有游赣、鄂^②归者,谓予曰:"子亦知汉冶萍煤铁公司之情形乎?"予曰:"不知也,请闻其略。"

① 汉冶萍公司:由汉阳铁厂、大冶铁矿和萍乡煤矿三部分组成,是中国第一代新式钢铁联合企业。1908 年,盛宣怀奏请清政府批准合并成立,同时由官督商办转为完全商办。
② 赣、鄂:江西、湖北的简称。

　　客曰："吾国自炼钢铁之议，始于前清光绪十六年。嗣得大冶铁矿，乃设厂于汉阳。又苦无煤焦，而官款已罄，乃改为商办。求得煤矿于萍乡。又以所用机炉不合，出品不精，不能营销。卒乃派员出洋考察，别购机炉，而后所炼钢铁，得以合用焉。盖创办一种实业，蕲①其有效，若斯之难也。今汉厂出品，既以精良见称。而萍乡之煤，大冶之铁，亦经工师化验，推为上选。其蕴藏之富，以年采百万吨计，亦足供数百年之用。苟能尽力经营，必成东方最良之矿，可无疑已。顾今世富国，首重煤、铁。以我国之大，地力蓄积之厚，而煤铁矿厂，著有成效者，仅仅若此。校之工艺兴盛之国，诚不能无愧已。"

　　客退。予念其言颇有关系，爰援笔而记之。

---

　　①　蕲（qí）：通祈，祈求之意。

第十　少年行孙枝蔚①（二）

　　少年不读书，父兄佩金印②，子弟乘高车。少年不学贾③，朝出乌衣巷④，暮饮青楼下。岂知树上花，委地不如蓬与麻。又如楼中梯，枯烂谁论高与低。尔父尔兄归黄土，尔今独自立门户。尔亦不辨亩东西，尔亦不能学商贾。时衰运去繁华歇，年年大水伤禾黍。旧时诸青衣⑤，散去知何所。府吏昨升堂，催租声最怒。相传新使君，怜才颇重文。尔曹不识字，张口无所云。粥⑥田田不售⑦，哭上城东坟。昔日少年今如此，地下贵人闻不闻。

---

　　①　孙枝蔚（1620—1687）：字豹人，号溉堂，陕西三原人。清初著名诗人。工诗词，多激壮之音。
　　②　金印：指旧时帝王或高级官员金质的印玺，也借指官职。
　　③　贾：经商。
　　④　乌衣巷：位于今南京夫子庙南。三国时是东吴戍守石头城的军营所在地，东晋时是王谢两家豪门大族的宅第，两族子弟都喜欢穿乌衣以显身份尊贵，因此得名。
　　⑤　青衣：也作青衫，指黑色的衣服，此指乌衣巷里那些豪门子弟。
　　⑥　粥：古与"鬻（yù）"通，意为卖。
　　⑦　不售：卖不出去，无人买。

第十一 斗狮(三)

　　狮,猛兽也,乃有与之斗者。其人为英孙唐。当其客于美洲,有大动物园,张一广告。谓某日,将令狮与熊斗。孙唐见之,请于主人,愿自与狮角①。主人知其能,许之。

　　及期,广幕大张,座客逾二万。孙唐至,不持寸铁,纵身入狮槛。狮见孙唐,蹲踞槛隅,目光炯炯,将扑之。孙唐窥之审②,急趋狮侧,以右手捉其颈,左手抱其腹,擎举至顶而奋投之。狮怒甚,反身来扑。孙唐侧首避之,突进胯下,仰首挺身,尽力抱狮,附身狮胸。狮乃以前足蹴孙唐。盖至是始角力矣。

　　初,主人以狮之爪牙犀利也,加手囊口网以阻之。及孙唐努力倾③狮,囊破而爪露。狮奋爪爪孙唐,衣襦迎爪而裂。孙唐益紧束两手。狮如置于钳铗间,转侧延引,终不得脱。孙唐乘其惫,再投之于数丈外。狮又自后来扑。孙唐觑其将及,奋两腕,攫狮颈而直投之。狮乃颓然委顿,伏地不动。久之,狮挺身起,向槛外狂逸。孙唐瞋目叱之。狮震栗,如丧魂魄,蒲伏于地。百计诱之,不敢复起。捉

---

① 角:角力,格斗。
② 审:审慎,仔细。
③ 倾:翻倒。

其尾捻①之,始欠伸②而立,向之跳舞,驯服无异羊豕。观者叹服,鼓掌如雷。

---

① 捻(niǎn):捻捏的意思。
② 欠伸:疲倦地伸懒腰的样子。

第十二　捕虎(三)

明代有徽人唐某,甫新婚,而戕于虎。其妇后生一子。戒之曰:"尔不能杀虎,非我子也。后世子孙,如不能杀虎,亦非我子孙也。"故唐氏世世能捕虎。

旌德①近城处有虎,暴伤猎户数人,不能捕。邑人谋曰:"非聘徽州唐某,不能除此患也。"乃遣人持币往。归报:"唐氏选艺至精者二人行,且至。"至则一老翁,鬓发皓然,时咯咯作嗽;一童子,十六七耳。县人见之,大失望。姑命具食。老翁察众意轻之,语众曰:"闻此虎距城不五里。先往捕之,再食,未晚也。"遂命人导往。导者至谷口,不敢行。老翁哂曰:"我在,尔尚畏耶?"入谷将半。老翁顾童子曰:"此畜似尚睡,汝呼之醒。"童子作虎啸声,虎果自林中出,径②搏老翁。老翁手一短柄斧,纵八九寸,横半之。奋臂屹立,虎扑至前,侧首让之。虎自顶上跃过,已血流仆地。视之,自首至尾,皆触斧裂矣。

老翁自言:"炼臂十年,炼目十年。其目,以毛帚扫之,不瞬。其

---

①　旌德:安徽省县名,位于皖南山区、黄山北麓。
②　径:径直,直接。

臂,使壮夫攀之,悬身下缒,不能动。"谚云:"伏习象神①,巧者不过习者之门。"信夫。

---

　　① 伏习象神:伏习指保持练习,象神指如神灵附体。《周官义疏》说"尸以象神,祝以事神"。上古人祭祀祖先,尸必须穿戴其祖先生前的衣冠,代表祖先受祭。"尸,所祭者之孙也。"

第十三　无怒轩记李绂①（二）

怒为七情之一，人所不能无。事故有宜怒者，《诗》曰："君子如怒，乱庶遄已。②"是也。顾情之发也，中节③为难，而怒为甚。血气蔽之，克伐怨欲④之私乘之，如川决防，如火燎原，其为祸也烈矣。

吾年逾四十，无涵养性情之学，无变化气质之功。因怒得过，旋悔旋犯。惧终于忿戾而已，因以无怒名轩。

不必果无怒也。有怒之心，无怒之色。有怒之事，无怒之言。盖所怒未必中节也。心藏于中，可以徐悟，色则见于面矣。事未即行，犹可中止，言则不可追矣。怒不可无，而曰无怒者，矫枉者必过其正，无怒犹恐其过怒也。

轩无定在，吾所恒止之地⑤，即以是榜⑥之。

———————

①　李绂(fú,1673—1750)：字巨来，号穆堂，江西省抚州市临川区荣山镇人。清代著名政治家、理学家和诗文家。治理学，宗陆王(陆九渊、王守仁)，被梁启超誉为"陆王派之最后一人"。

②　君子如怒，乱庶遄(chuán)已：君子如果愤怒了，祸乱很快就会止息。乱庶，指祸乱；遄，迅速。出自《诗经·小雅·巧言》："君子如怒，乱庶遄沮；君子如祉，乱庶遄已。"

③　中节：适度，合乎礼义法度。

④　克伐怨欲：指好胜、骄傲、忌刻、贪婪四种恶德。

⑤　吾所恒止之地：意思是我这辈子安放自我之所在。

⑥　榜：命名，标榜。

第十四　币制(三)

以金为币,由来旧矣。而金品之中,尤以金银为胜。物少值重,输运便利。一也。铜铁易蚀,金银之性不易改变。二也。所产不多,无暴涨暴落之弊。三也。今世各国,或金银并用,或银铜并用,无用铁者矣。

古无铸造之制也。然以生金交易,出入必衡,杂伪难验,防奸疑欺,诸多不便。于是币制起焉。币制完善之国,于各种钱币,总重几何,纯量几何,皆为详析规定,流通全国,是曰法币。花纹巧致,以防杂伪。价格确定,计数以枚。衡验之烦,举无事焉。

又虑各种货币,价格比例,不能一定也。于是专择其一,以为余品之程①,是曰主币。欧、美、日本之主币,先皆用银,其后渐改用金。我国在昔,亦用金银,惟铜始铸为钱。前清之季,虽铸银圆,然银币大者一枚,当银角若干,铜圆若干,皆随市场用值,初无一定,不能谓为银本位也。尤可异者,通商以来,墨西哥诸国银圆输入,通用无阻。我国自铸之币,反有阻抑之累。妨害交通,滞塞经济,莫此为甚。故整理币制,实我国切要之图也。

---

① 程:衡量标准。

第十五　纸币(三)

易事通功①之始,货以易货而已,降而后有易中②。易中由粗而精,于是有金银等法币。然治化③日进,懋迁④日广,专用金银等币,犹苦其运输滞重,计数烦琐也,于是有纸币以为之代。其为物也,数虽大而质仍轻,经商携带,闾里藏储,无所往而不便也。

然纸币可以代金银之用,而非可遂视为金银者也。有金银之实币,与纸币相辅而行,则便于民。无金银之实币,凭虚而造,漫无限制,则立见其害矣。盖纸本无值,所以有值,由其能易⑤金银。苟滥发焉,民之得是币者,必反之银行。银行既无充实之预备,必不足以应支付。支付止而商贾骚然,全社会胥⑥受其病矣。宋、金、元、明之季,皆苦钞值之落,无法维持。法、美二国,亦曾以纸币发行过巨,公私交困。后虽补救,损失已多。故行用纸币,事诚便利,而滥发之失,又当引以为鉴也。

---

① 易事通功:即通功易事。
② 易中:交易筹码之类的东西。
③ 治化:治理国家,教化人民。
④ 懋迁:贸易。
⑤ 易:在这里可理解为替代。
⑥ 胥:都,皆。

第十六　苏彝士运河①(四)

苏彝士运河

苏彝士河,以人工凿成,在红海、地中海之间,为世界巨工之一。

方苏彝士河之未凿也,欧人之东来者,必航大西洋、掠好望角②而东。风涛险恶,程途辽远,累月不得达。自有此河,东来可近二万余里。

初,法人雷赛使埃及时,上书埃君,请开运河。埃君许其请,列国亦多赞助者。独英人忌之,百计阻挠,事几偾③。雷赛竭力经营,不为所挫。溯自工事之始,迄于全河通航,时逾十年,费金二千四百万磅。河长三百里,最

---

①　苏彝士运河:即苏伊士运河,1869年修筑通航,北起塞得港,南至苏伊士城,在塞得港北面掘道入地中海至苏伊士的南面,在埃及境内贯通苏伊士地峡,沟通地中海与红海,提供了从欧洲至印度洋和西太平洋附近土地的最近的航线,是世界使用最频繁的航线之一。

②　好望角:是非洲西南端非常著名的岬角,北距南非共和国的开普敦市五十二公里。因多暴风雨,海浪汹涌,故最初称为"风暴角"。好望角也曾是世界上最危险的航海地段。

③　偾(fèn):毁坏,覆败。

宽之处为三百尺,最狭之处为百七十余尺,深二十四尺。屡加疏浚,今益深广矣。

埃及本为地主,而规画河工者为法人。故运河之权,法与埃及共之。英人以东亚为贸易市场,而交通机关为法人所操,于己颇不利。乃乘埃及之急,尽购其股票。于是管理之权,移入英人掌握,商船之经此河者,皆须计吨纳税。英人坐获大利,而又操东西两洋交通之枢纽。英以商业横绝欧亚,岂无故哉。

第十七　巴拿马运河（四）

　　苏彝士河，沟地中海、红海之间，为欧、亚交通枢纽。巴拿马河，则沟大西洋、太平洋之间，为全世界交通枢纽。

　　巴拿马本为地峡，东临大西洋，西望太平洋，其间相距凡百五十里，而介于南北美洲间，如连锁焉。四百年前，西班牙人首议开凿。时阻抗者众，事卒不成。苏彝士河既通，雷赛更纠合公司，从事于此。然施工七年，程功未半，而资产已告罄矣。

　　二十年前，美西战事起。美之舰队，欲由旧金山赴大西洋者，必绕行麦哲伦海峡。费时失机，大不便之。故战役告终，而运河之说大盛。始也出巨资，购法公司之产。继也助巴拿马政府独立，得开凿运河全权。于是河工复举。画全部为三区，曰大西洋区，曰中央区，曰太平洋区。区有工师为之长，各役其役，各董其事。浚渫开凿，建筑运输，同时并举。日役三万人，费美金四百兆。千九百十五年二月，遂开落成纪念会，我国亦与焉。自施工迄竣事，凡十有二年。

　　夫商货之运输，避重税，尤趋捷径。是河既辟，非特美洲贸易，将由太平洋直达亚东。即欧陆各商，亦必因西伯利铁道运费较昂，苏彝士运河行程较曲，纷然争出于是途。吾国适当其冲，固宜乘此

巴拿马运河

时机,扩张营业矣。乃各国皆筹设行栈①,增置船舶,于巴拿马通航,筹备恐后。我独寂然无闻,瞠居人后,不亦有愧耶?

---

① 行栈:替人存放货物并介绍买卖的商业机构。

第十八　埃及（四）

埃及者，开化最早之国也，然以借外债而亡其国。

当其时，欧洲诸国正值物产过度，金融停滞，资本家怀金而无所用。乃恃己国之强，利埃及之弱，以重利行借贷之术。一千八百六十二年，借三千七百万圆。越二年，又借五千七百余万圆。皆有所谓经手周旋费者，埃及政府所得实额，仅十之七耳。骤进多金，外观忽增繁盛。心醉外债之利，复大事称贷。土耳其者，埃及之上国也。虽虑其有后患，然无从禁之。卒借外债逾十万万圆。

曾几何时，财政大紊，不可收拾。债主愈迫，国帑①全空。英国领事遂迫埃君延聘英人为顾问，募民债，加租税，丝毫无所补。又迫埃君立财政局，以英法两国人为局长，延用外人至一千二百余人，给外俸至三百八十余万金。

及至罗掘②俱穷，乃裁兵士之饷，使军队无力，不能相抗。增贵族之税，使豪强尽锄，无以自立。清查通国③之田亩，使耰锄之农民，骚动不宁。又欺小民之无识，利诱威迫，使全国土地，大半归欧

---

① 　国帑（tǎng）：国家的公款。
② 　罗掘：网鸟捕鼠，表示搜刮殆尽。《新唐书·张巡传》："罗雀掘鼠，煮铠弩以食。"
③ 　通国：指全国，整个国家。

人管业。民无所得食,饿莩①载道,囹圄充牣②。埃及国民,于是忍无可忍,望无可望,不得不群起而与之为难。英人以数万雄师压境上,挟埃君以伐其民。石卵不敌,义旗遂靡③,而埃及之生机绝矣。

---

① 饿莩(piǎo):指饿得奄奄一息者。
② 充牣:与充填同义。
③ 靡:倒也。

第十九　福泽谕吉①（四）

日本福泽谕吉，家世仕藩侯②。谕吉幼习汉学，既冠③，游长崎，习荷兰语。明年④，游大阪，从绪方洪庵⑤游，研究泰西学术。越数年，诣东京。某藩邸延⑥居其家，一藩子弟皆从学。时日本新与欧美诸国订约通商，英人列肆⑦横滨，语言不通，多龃龉⑧。谕吉见之，因大发愤，专习英语，以求实用。未几，从使臣游美。既至，留心考察国情民俗。后又随使赴欧洲，历游英、法、荷、德、俄、葡诸国。

谕吉既历欧美，知教育为立国之本。迨归国，乃立庆应义塾⑨

① 福泽谕吉（1835—1901）：日本明治时期的教育家、思想启蒙家，被称为"日本近代教育之父。"

② 世仕藩侯：是说他家世世代代在藩王府中做官供职。

③ 冠：指二十岁。古代日本和中国一样，二十岁行冠礼，表示成年。

④ 明年：这里指下一年，第二年。

⑤ 绪方洪庵（1810—1863）：日本幕府时期最重要的翻译、教育家、医学家。他二十九岁时，在大阪创办了一所兰学私塾，通过学校的形式传授西方的科学技术，为日本的近代化培养了很多人才。

⑥ 延：邀请。

⑦ 列肆：开设商铺。

⑧ 龃龉（yǐ hé）：口角纷争。

⑨ 庆应义塾：庆应义塾大学（Keio University），亦称庆应大学，是日本久负盛名的研究型综合大学，有亚洲第一私立学府之称。其前身是创立于1858年的"兰学塾"，是江户时代一所影响深远的传播西洋自然科学的学堂。

于东京,召诸生讲习。既而明治维新,人人知向学之益,四方来学者
愈众。谕吉教人,以独立自营为要旨。学风广被,国人修己治事之
精神,为之振起。其所著书,记事说理,语尚平易,使人人能解。日
本国民,得早开发知识者,多赖于此。

明治三十六年,卒于家。年六十有八。国中闻之,莫不嗟悼,惜
教育界之失山斗云。

第二十　武训(三)

　　武训,山东堂邑人。三岁丧父。家贫,行乞度日。饮食必先奉母,人称曰孝丐。七岁,复丧母。昼行乞,夜绩麻。得一钱,即储之。日惟以两钱市粗馒自养。

　　数岁,得钱六千。邑有富家某,颇自好。训踵门①长跪乞见。阍者②挥之,不去。予以钱,不受。主人畏其丐,不敢见。训乃于门外长跪不去。不得已,见之。见则长跪请曰:"丐者有所求于贵人,贵人必许我。"主人曰:"若欲乞钱耶?"对曰:"丐者非就贵人取钱,乃以钱与贵人。丐者有钱六千,愿藏之贵人家,取其息。一年之后,以子为母。贵人其许我。"主人畏其丐,又以其数无多也,许之。拜谢而去。此后丐所获盈一千,则持往富家。如是者十年,子母相权,几及百千,曰:"今乃可以少行吾志矣。"

　　于是僦③庙为学舍,招窭人④子学焉。聘宿学⑤主教授,奉修脯⑥丰有加。或鄙不就,则长跪不起,必得请乃已。每开校,必盛馔

---

①　踵门:亲自登门。
②　阍(hūn)者:看门人,守门人。
③　僦(jiù):租赁。
④　窭(jù)人:穷人。
⑤　宿学:意为学识渊博、修养有素的学者。
⑥　修脯(xiū fǔ):指送给老师的礼物和酬金。

飨教师。不自为主人,请邑之有声望者陪燕①焉。或不愿往,则长跪不起,必得请乃已。朔望②,辄诣校省视。教授勤者,则跪拜之。有惰者,则长跪,垂涕泣不起。教师咸敬畏之,靡敢惰。学生有辍业嬉者,亦长跪以哀之。学生亦相戒不敢怠。行之数十年,弟子卒业而去者,不可胜数。训仍日以两钱市粗馒自养,终其身。

　　训为人,身肥短,貌寝陋。行乞至八十岁,未尝妄费一钱。而所创学校,至三十余所。或劝之娶,执不可。铢积寸累,惟以兴学为事。殆所谓奇节瑰行,得天独厚者欤。

___

① 燕:宴会。
② 朔望:农历每月的初一为朔,十五为望。

第二十一　自乡间与友人书(三)

别来旬日,思子为劳。诗人云:"一日不见,如三秋兮。"昔尝疑之,今乃知其信然也。自到乡间,耳目触接,都异畴曩①。相距不百里耳,俨若别有一天地者。人事②愈进③,则其去天然之境愈远,岂不信哉? 今之乡居者,多羡城市;居城市者,亦羡乡间。弟以为皆非也。孔子云:"君子居之,何陋之有。"所居之善否,则亦视乎其人耳。交通之捷,求取之便,师友之多,此居城市者之胜也。而其弊或入于浮华。风景之美,人情之厚,摄养之宜,此居乡园者之胜也。而其弊或流为朴塞。苟使乡居者能潜心问学,以补其见闻之隘,而因④以启发其乡人;居城市者,能自甘淡泊,卓立于繁扰之中,而因以静镇夫末俗⑤,则居城居乡,两得之矣。否则可谓两失之也。吾兄以为何如?

---

① 畴曩:往日,旧时。
② 人事:指社会上人的生活方式,交往方式。
③ 进:指进步,文明。
④ 因:接着,然后。
⑤ 末俗:世俗,落后的习俗。

第二十二　桃花源记陶潜①(四)

　　晋太元中,武陵人,捕鱼为业。缘②溪行,忘路之远近。忽逢桃花林,夹岸数百步,中无杂树,芳草鲜美,落英缤纷。渔人甚异之,复前行,欲穷其林。

　　林尽水源,便得一山。山有小口,仿佛若有光。便舍船,从口入。初极狭,才通人。复行数十步,豁然开朗。土地平旷,屋舍俨然,有良田、美池、桑竹之属。阡陌交通,鸡犬相闻。其中往来种作,男女衣着,悉如外人。黄发垂髫③,并怡然自乐。

　　见渔人,乃大惊,问所从来,俱答之。便要④还家,设酒杀鸡作食。村中闻有此人,咸来问讯。自云:"先世避秦时乱,率妻子邑人,来此绝境,不复出焉。遂与外人间隔。"问今是何世,乃不知有汉,无论魏晋。此人一一为具言⑤所闻,皆叹惋。余人各复延至其家,皆出酒食。停数日,辞去。此中人语云:"不足为外人道也。"

―――――――――

　　① 陶潜:一名渊明,字元亮。浔阳柴桑(今江西省九江市)人。其诗文以淳朴天真、淡泊超旷之风格,深受中国人的喜爱。
　　② 缘:沿着。
　　③ 黄发垂髫:指白发老人与额发下垂的儿童。
　　④ 要:邀请。
　　⑤ 具言:详细地介绍。

　　既出，得其船，便扶向路①，处处志②之。及郡下，诣太守，说如此。太守即遣人随之往，遂迷，不复得路。南阳刘子骥，高尚士也。闻之，欣然亲往，未果，寻③病终。后遂无问津者。

---

①　扶向路：沿着、顺着先前走过的路。

②　志：做标记。

③　寻：不久。

第二十三　座右铭崔瑗①（一）

　　无道人之短，无说己之长。施人慎勿念，受施慎勿忘。世誉不足慕，惟仁为纪纲。隐心而后动②，谤议庸③何伤。无使名过实，守愚④圣所臧。在涅⑤贵不缁，暧暧⑥内含光。慎言节饮食，知足胜不祥。行之苟有恒，久久自芬芳。

---

　　① 崔瑗：字子玉，涿郡安平（今河北省安平县）人。东汉著名书法家、文学家、学者。

　　② 隐心而后动：意思是说在行动前，要不动声色地在内心审度、权衡。

　　③ 庸：古通用，此处指用什么来中伤你呢。

　　④ 守愚：保持愚拙，不事巧伪的意思。

　　⑤ 涅：本义是做黑色染料的矾石，此指放了黑染料的水。

　　⑥ 暧暧：迷迷蒙蒙。

第六册

第一　二巨人(四)

　　天地间有两巨人焉。其一四海为家,遍地球四之三,皆其所托足。所至役于众,若公仆。不衣不食,日夜勤动,无少休。又不索值,人多利用之。力至大,有置磨河滨,以磨其谷者。磨綦①重,莫能转。巨人直前推之,磨轮皆动。其背甚广,千钧加其上,负之而趋。健行不息,浪迹江湖者,非巨人不能致也。有时怒,与其曹②相激战,则风云变色,山岳为摧。顾不久,即恬静如恒③。性好游,举足千里,一往不复,然涧溪沼沚④间,亦恒见其踪迹。或当黑云如墨,电掣雷鸣之际,众皆走避,巨人独驰骤空中,如飞将军之从天而下。嘻! 异矣。

　　复有一巨人,性猛烈,喜掠食。所嗜独异,每求野草枯枝,纸片煤屑,以餍⑤其欲,遇之立尽。不常饮,饮必以油,或酒醇,饷⑥以水

---

　　①　綦(qí):很,极。
　　②　曹:辈。
　　③　恒:平常,平时。
　　④　沚(zhǐ):水中的小块陆地。
　　⑤　餍:满足。
　　⑥　饷:以食物饮料款待别人。

浆,则望望然去之。或暴怒,夺门出,疾行廛①市间,所过无不毁灭,人皆惊避,莫敢撄②其锋。草昧③初开时,人但畏惮巨人,敬祀之。久之,渐稔其性质,乃亦借为用。巨人善执炊,茹毛饮血之风以革,至于后世,虽有易牙④,非借其力,莫能烹饪也。又能锻铸金属,化百炼钢为绕指柔,冶人深赖之。而陶人之制器,亦非巨人无以奏其功焉。

　　论曰:甚矣哉,人类之弱也。昔人所谓不能搏噬,又无毛羽,莫克⑤自奉自卫,必将假物以为用者也。自生民之初,至于今日,所假以为用者亦众矣。惟二巨人,自燧人⑥、神禹⑦以降,民常食其利,贫富贵贱,莫能一日离,巨人之功,亦伟矣哉!

----

　　①　廛(chán):古代平民一户人家在城邑中所占之房地。《说文通训定声》:"在里曰廛,在野曰庐。"
　　②　撄(yīng):接触,触及。
　　③　草昧:指蒙昧混沌之时。
　　④　易牙:春秋时齐桓公的宠臣。齐桓公晚年好吃,据说易牙烹其子为羹以献桓公。
　　⑤　克:能够。
　　⑥　燧人:即燧人氏。远古人类茹毛饮血,燧人氏在今河南省商丘市一带钻木取火,教人熟食。位列三皇之首,尊称"燧皇"。
　　⑦　神禹:史称大禹、帝禹,为夏后氏首领、夏朝开国君王。他是中国古代传说时代与尧、舜齐名的贤圣帝王。他最卓著的功绩,就是历来被传颂的治理滔天洪水;又划定中国版图为九州。

第二　拿破仑（四）

拿破仑①，地中海科西嘉岛人也。少肄业②陆军学校，补军官。法国大革命后，攻奥地利有功③。又袭埃及，取之。威望日著，遂被举为总统。

拿破仑夙抱统一欧洲之志。既得位，勤修政事，搜讨军实，国势大张，舆论咸服，遂即帝位。欧洲诸国，屡结同盟以抗之，然卒不胜。奥都维也纳，普都柏林，皆为法所陷。俄人起兵援之，亦大败。拿破仑又北据荷兰，南举意大利，西取西班牙、葡萄牙，而东胁德意志诸邦。方是时，拿破仑以一人宰制大陆，欧洲诸侯，五合六聚而不能救，亦可谓旷世之勋矣。

已而拿破仑发布条例，禁大陆诸国与英通商。俄与瑞典首起抗之。拿破仑攻

拿破仑

---

①　拿破仑（1769—1821）：19世纪法国伟大的军事家、政治家，法兰西第一帝国的缔造者。

②　肄（yì）业：在校学习，指没有毕业或尚未毕业。

③　攻奥地利有功：指土伦战役。拿破仑在土伦战役中初次崭露头角。

俄,不克。欧洲诸国,乘而攻之,流之厄尔巴岛。别立法王,而开会议于维也纳,使法返侵地,谋正疆界。议未定,拿破仑已潜返巴黎。列国闻之,大惊,再合兵攻之。拿破仑虽善战,然国中凋敝已甚,从军者皆不及年,众寡又不敌,遂大败①。被流于圣海仑岛以卒,年五十一。

拿破仑功名虽不终,然其用兵,料敌制胜,出奇无穷。欧洲史家,至今艳称之。其初攻奥也,将逾阿尔卑斯山,入意大利。将士或难之。拿破仑毅然曰:阿尔卑斯,讵②足妨吾马足邪? 又尝有言曰:难之一字,惟愚人所用字典有之。亦可以想见其为人已。

---

① 大败:指拿破仑 1815 年建立百日王朝后再度战败于滑铁卢。
② 讵:难道,岂。

第三　祭田横^①墓文韩愈^②(二)

贞元^③十一年九月,愈如东京^④,道出^⑤田横墓下。感横义高能得士,因取酒以祭,为文而吊之。其辞曰:

事有旷百世而相感者,余不自知其何心。非今世之所稀^⑥,孰为使余歔欷而不可禁。

余既博观乎天下,曷有庶几乎夫子之所为。死者不复生,嗟余去此其从^⑦谁。

当秦氏之败乱,得一士而可王。何五百人之扰扰,而不能脱夫子于剑铓。抑所宝者非贤,亦天命之有常。

①　田横:秦末狄县(今山东省高青县)人。与兄田儋、田荣反秦自立,兄弟三人先后据齐地为王。后汉高祖刘邦统一天下,田横不肯称臣于汉,率五百门客逃往海岛。汉高祖下令命其投降,否则将诛杀他的所有追随者。田横被迫乘船赴洛,在距洛阳三十里地的首阳山自杀。海岛五百部属闻田横死,亦全部自杀。

②　韩愈(768—824):字退之。唐代杰出的文学家、思想家、政治家。世称"韩昌黎""昌黎先生"。韩愈是唐代古文运动的倡导者,被后人尊为"唐宋八大家"之首,与柳宗元并称"韩柳",有"文章巨公"和"百代文宗"之名。

③　贞元:唐德宗李适的年号,共计二十一年(785—805)。

④　东京:指洛阳。

⑤　出:路过。

⑥　稀:稀有,少见。

⑦　从:跟随。

昔阙里①之多士,孔圣亦云其遑遑。苟②余行之不迷,虽颠沛其何伤。自古死者非一,夫子③至今有耿光。跽④陈辞而荐酒,魂仿佛而来享。

---

① 阙里:指孔子的家乡。
② 苟:如果。
③ 夫子:这里指田横。
④ 跽(jì):两膝着地,上身挺直的跪姿。

第四　登喜玛拉亚山观日出记(二)

　　喜玛拉亚山,有大峰四十八,其高皆逾万尺,而以额非尔士①为之魁,高至二万九千尺。向推世界第一高山。

　　客有往游者,夜将晨,策马向最高峰观日出。但见云气瀁郁②,群山尽黑。忽有紫光一道,破空而来,直射峰巅,动心骇目,盖涌出地平线之日光也。此时峰之上部紫色,中部纯黑,下部则浮云浩荡,莽然一白。少顷,日光渐上,上部渐红,中部渐紫。又少顷,红者变而为金,紫者变而为红。于是全山皆受日光矣。日光愈上,群峰悉现,争曝于朝阳之下,而远望之,尚有一峰,矗立天际,独纯黑如故,盖即所谓额非尔士者,据群峰之顶,至此尚未受日也。又逾数分时,紫光闪烁,自额非尔士反映于群峰,群峰皆深红,而额非尔士犹纯紫。庄严雄丽,无与伦比,不可谓非世界第一伟观矣。

---

　　①　额非尔士:即珠穆朗玛峰。
　　②　瀁(wěng)郁:浓郁。

第五　天文台(三)

　　泰西各国,天文一学,研究甚力。其筑台以测日月星辰者,谓之天文台,以英国格林威尼(治)①为最著名。仪器纷陈,专家职掌。风雨寒暑,布告国人。近世纪中,久已习为常事矣。

天文台

　　论其效用,则一在农业。水溢旱干,风灾雹害,谁实先知?患至后防,已嗟不及。惟彼司天文台者,以其算数之准,测验之精,朕兆初萌,即能先见。于是日热盛衰,雨量多寡,风气变迁,在在②若有预定。农家乃能遵守天时,知趋避而筹补救。

　　一在航海。舟行万里,生命财产,其数无量。风浪骤张,人力实难保障。惟彼司天文台者,于飓起潮涨等事,皆准乎引力吸力之理,预测

---

　　①　格林威尼(治):位于伦敦东南、泰晤士河畔。英国皇家天文台曾经设立在这里。二战后,格林威治虽然已经迁到东南沿海的赫斯特蒙苏,但天文台的旧址仍然继续被用作划分国际标准时区的零度经线的位置。

　　②　在在:方方面面。

其发生。航海家乃能各有戒心，知儆①备而无疏失。

　　此外则察彗星以遏讹言，验交食②以成岁月，探星座以广发明，皆天文台之所有事。诚以天象昭昭，无一不有关人事也。我国昔时，于天文一学，研求代有专家，职事掌诸官府。而近日行政，亦以历象属教育部，设有专员。其用意将毋同③？

①　儆（jǐng）：警戒。
②　交食：指日月亏蚀。
③　将毋同：意思是同。将毋，发语词。

第六　太平洋中汽船(三)

　　客有乘汽船游太平洋者。风日晴美,海平如镜。至最上层游览场中,凭高望远,水天一色,不知其几万里也,心目与之俱远。场周五百余尺,前为广堂,宽与舟相等。地铺石版,覆以红毡。堂顶启牖①,弯弯作新月状。下设电灯,至夕,千穗一焰,光耀夺目。堂后为音乐室。室前置风琴、管籥②毕陈,俾③客各奏其所习。为图书室,搜集名家著述,胪列数十百厨,以待借读者。其侧又为数室,室各置坐具,四周如大环,俾客各以类聚,毋相羼④也。场后复有室,遥与堂对,广亦相埒⑤。是为群客聚集之处。别室备吸烟,供沐浴。与寝室参错其间。盖最上层尽于此矣。

　　客所处者为第二层。寝室在右舷,行厨仆役在左舷,便于呼应,而不得穿越。寝室中坐卧盥洗之具,皆工致绝伦。室凡四列,各有休息、盥沐之所。餐堂布长席,可容二百余人。壁傅⑥漆,碧素相杂,糁以金泥。其华美皆类此。

---

①　牖(yǒu):窗户。
②　管籥:本意为两种竹制的箫笛之类的乐器,泛指乐器或音乐。
③　俾:使,让。
④　羼(chàn):掺杂。
⑤　埒(liè):在此意为等同。
⑥　傅:此意为涂了一层。

更下复有二层。所以处二三等之客，储煤蓄水。虽华美弗逮，而坚致则同。隔以复壁，不使渗漏。以备万一遇险，水不遽入，虑至密也。

客既周历首尾，乃咨于舟人，长几何耶？曰：五百七十尺有奇也。广几何耶？曰：六十三尺也。容积几何耶？曰：一万八千吨也。且曰：大西洋中之汽船，其华丽闳大，更有远过于此者。

今者拘墟①之子，或以远涉重洋为险。宁知凌波稳渡，其可乐固如是耶。

---

①　拘墟：意思是人的见识受到他所处的环境的限制。《庄子·秋水》："井蛙不可以语于海者，拘于虚也。"

第七　交通（三）

　　语曰："水性使人通，山性使人塞。"故近海之民，其开化常早。远海之民，其开化较迟。欧洲之开化，早于澳、非。中国、印度之开化，早于中央及北方亚细亚。职是故也。

　　交通之发达，始于河湖，进及沿海，更进乃及于远洋，而今后则又将进入于大陆。试观澳洲纵贯铁道之成，而英属南非洲之铁道，亦将过湖水地方，而接连于埃及，可知也。自今以往，山岭重叠之地，沙漠绵亘之乡，将无往而非文明国民势力之所及矣。

　　往者瀛海未通之时，亚、欧、非、澳、南北美之人民，固渺乎其不相涉也。自汽船之用既宏，浩渺重洋，如航一苇。而澳洲白①，非人奴②，南北美辟③，亚洲沿海诸国，亦骎骎④不自保矣。交通之进步，既有加无已，则今后之立国于大陆者，可不思所以自保之策哉？

─────────

　　①　澳洲白：第一批澳洲白人，本是英国囚犯（包括爱尔兰人），英国人用海船把一些重刑犯流放到澳洲去做苦力。
　　②　非人奴：贩卖非洲黑人的奴隶贸易。当时贩卖黑人到欧美，都用黑奴船。
　　③　辟：开发。
　　④　骎（qīn）骎：马跑得很快的样子，此指很快地，迅速地。

第八　学术(三)

　　利物前民之用,强兵富国之图,至今日,莫不有赖于学术。故各国政府,咸汲汲焉,思所以提倡奖厉之。于发明品,则持(特)许其专利。于著作物,则保护其版权。皆所以鼓舞其民,使能精心研究也。

　　不特此也,其社会相与集合研究之风亦最盛。私人之捐资设立学校,补助图书馆、博物院等事业者,既屡有所闻。又有所谓学会者,集一国中通人硕士①,共讲肄焉。其学识深邃,名望夙著者,虽籍隶异国,亦推为名誉会员。每一国中,新刊之书籍杂志,岁以千万计。其有艰深之理,重要之事,为少数人所不能解决者,则又悬赏征答,以冀众人之相与研究焉。呜呼! 何其盛也。

　　我国社会,聚徒讲习之事,罕有所闻。朋从相集,非博弈饮酒,则闲言送日②耳。昔顾亭林③尝悼晚明之习,谓南方学者,皆言不及义,好行小慧④;北方学者,皆饱食终日,无所用心。以今日之风气校之,亦何以自解哉。不学则愚,愚则弱,弱则亡,我国人不可不深自省也。

----

　　①　通人硕士:通人指学识渊博,贯通古今之人;硕士指品德高尚的饱学之士。

　　②　送日:打发日子。

　　③　顾亭林(1613—1682):即顾炎武,初名绛,字宁人,学者尊为亭林先生。江苏昆山人,明末清初杰出的思想家、经学家。

　　④　小慧:小聪明。

第九　饥民惨状记(三)

　　丁未①冬,居上海,得友人函,言饥民状。予心怦然动,然未一见也。昨以事返扬州。扬州襟江带湖,饥民南下者,均麕集于此。既登陆,晤友人,询扬近事,曰:饥民可悲也。予心又怦然动。翌日,以事往乡间,出城西南行。是日,朔风怒号,扑面如割,遍野皆作白色。予方饱食醉酒,犹时时肌起栗。行不数武②,见若老若小,若妇若男,瑟缩遍官道傍,弥望而是。询之皆饥民。有司以圩居之,圩筑以土,圩内聚而居者,不知其几千万也。既入圩,则席棚趾相错③。每一姓,以一棚畀④之。有着单衣者,有并单衣无之,仅以破布被体者。匍匐僵处朔风中,瑟瑟战不已。每经一棚,无不闻哭声。有男女老幼相抱持哭者。有孩提子哭向其母索食,而母子均哭者。有偃卧草上,拥破席,色如陈死人⑤,而其家属对之哭者。

　　哭声既遍野,人语举不得闻。有一人,手持竹筐,不知从何许⑥

---

① 丁未:指光绪三十三年(1907)。
② 武:此指脚步。
③ 趾相错:指一棚挨着一棚,非常拥挤。
④ 畀(bì):给予。
⑤ 陈死人:指死亡已久的人。
⑥ 何许:何处的意思。

得残洰^①，杂红白，方欲自奉，旁坐者见之，则互抢攘。偶一不慎，筐倾于地。鸠形者咸奔集，手爪腻漆^②，鹰攫狼搏，残粒顷刻尽。

时日光从棚席下，咸匍匐骈踵^③，就曝^④日中，犹战栗不止。一妇哭甚哀。与之钱，受而哭不止。问之，曰："吾家都^⑤七人，吾翁^⑥死最早，吾姑^⑦死，吾夫又死，今昨两日，吾之长次两子又死，所存者惟吾及一女，亦三数日内人耳。"予问曰："若曹^⑧胡不归乎？"曰："无家可归也。"曰："地方官不尝为冬赈局^⑨乎？"曰："人数过众，杯水车薪，无济于事。且所给者皆荳饼。荳饼，榨油之余粕也。食之者，往往得疾死，死者日^⑩百数十也。"予闻之，心益动，涕縻縻^⑪堕，不忍再进，遂废然^⑫返。

----

① 洰：汁的意思。

② 腻漆：形容手脏得就像是打了腻子刷了漆似的。

③ 骈踵：指骈肩累踵，形容人多拥挤。

④ 曝（pù）：这里是指晒。

⑤ 都（dū）：总共。

⑥ 翁：公公。

⑦ 姑：婆婆。

⑧ 若曹：指你们。

⑨ 局：指某些聚会活动，犹如今天我们所说的赈灾活动等等。

⑩ 日：每日。

⑪ 縻（mí）縻：形容泪流不止的样子。

⑫ 废然：沮丧失望的样子。

第十　慈善事业(三)

　　世有至不平之事焉,富者甚富,贫者甚贫。富者遇贫者,未尝有恻隐之心。且从而贱视之,呵斥之。呜呼! 是诚何心!

　　今非无慈善之人也。遇饥者与以饭,遇寒者赠以衣,其用心亦良苦矣。然其效卒鲜,何哉? 有以养之,无以教之也。

　　夫慈善云者,当为积极之进行,不当为消极之补缀。当使人人咸能自立,而不当使之待养于人。故欲为慈善者,如医院,如疯人院,如孤儿院,如习艺所,如聋瞽残废学校,以及平时之大工厂,大建筑,战争时之红十字会,凶荒水火时之赈济团等,皆宜量力为之。虽操术不同,然慈善之旨则一也。体天地好生之德①,以为根本之拯救。不禁为全世界既饥既溺之民,祷祀求之矣。

　　抑②余更有说焉。欲为慈善,不必专恃乎力③也。力有不逮,救之以言。人无知识,我浚④其灵明。人而庸懦,我鼓其志气。遇亲故如是,遇寻常相识者亦如是,即遇不相识者,亦仍如是。是其慈善,虽若无实迹可见,然由暂而常,由寡而众,即一启口间,人已蒙无

---

　　① 好生之德: 珍爱生命、反对杀戮的意思。

　　② 抑: 抑或、或许。

　　③ 力: 财力、物力、经济实力。

　　④ 浚: 疏通、开导。

穷之惠矣。先哲有言："仁人之言其利溥。"①其是之谓乎？彼心乎慈善，而力有不逮者，盍②取法于斯？

---

① 仁人之言其利溥(pǔ)：意为有德行的人说的话益处很大。溥，广大。王夫之《读通鉴论・后汉光武二十》："仁人之言，其利溥如此哉！"

② 盍：何不。

第十一　与安子介书唐顺之[①]（二）

　　谨具布被一端[②]，奉为令爱[③]送嫁之需。

　　布被诚至质且陋矣。然以之厕于锦绣绫绮，销金缀翠[④]，玄朱错陈[⑤]之间，则如苇箫土鼓，而与朱弦玉磬、金钟大镛[⑥]相答响，乃更足以成文[⑦]。又如贵介公子，张筵邀客，珠履貂冠，狐裘豹袖，联翩杂坐，既美且都[⑧]，而有一山泽被褐[⑨]老人，逍遥曳杖其间，乃更足以妆点风景，而不害其为质且陋也。

---

　　① 　唐顺之（1507—1560）：字应德，一字义修，号荆川。武进（今江苏常州）人，明代儒学大师、军事家、散文家。他提出师法唐宋而要"文从字顺"的主张，是明代重要文学流派——唐宋派代表之一。

　　② 　端：本义为双手捧物，此指恭敬送礼的姿态。

　　③ 　令爱：指对方的女儿，是表示礼貌的敬辞。

　　④ 　销金缀翠：用金玉珠宝做成的礼服、首饰等等。销金，指将黄金制成金粉、金线、金箔等的工艺。

　　⑤ 　玄朱错陈：玄黑色与朱红色错杂陈列。玄色与朱色是古代高品级官服的颜色。

　　⑥ 　镛（yōng）：古代乐器，钟的一种。

　　⑦ 　文：这里指丰富的形式之美。

　　⑧ 　都：完美之状。

　　⑨ 　褐：麻织粗布，指平民百姓的衣服。

　　且夫桓少君①之事，兄之所以养成闺行②，而出乎习俗之外者，又岂多让③古人哉？素辱④知爱⑤，敢以家之所常用者为献，而侑⑥之以辞。

————————

　　①　桓少君：《后汉书·列女传》记载的一位德行美好的女性。她的父亲把她嫁给了自己清贫、刻苦的学生鲍宣，她不仅把父亲给她的陪嫁都退还给了父亲，且跟着丈夫一起回到偏远的乡间，过起了恪守妇道、服侍公婆、打水做饭的穷日子。

　　②　闺行：这里是指安子介的女儿被教养得品行完美、且不同于流俗。

　　③　让：谦让，此处意为难道会比古人差吗？

　　④　辱：谦辞，意为承蒙您屈尊。

　　⑤　知爱：理解并爱惜的意思。

　　⑥　侑（yòu）：佐、助之意。

第十二　书陈怀立①传神苏轼②（三）

　　传神之难在于目。顾虎头③之"传神写照，都在阿堵中，其次在颧颊"。吾尝于灯下，顾见颊影。使人就壁画之，不作眉目。见者皆失笑，知其为吾也。目与颧颊似，余无不似者。眉与鼻口，盖可增减取似也。

　　传神与相一道，欲得其人之天④，法当于众中阴察⑤其举止。今乃使具衣冠坐，注视一物，彼敛容自持，岂复见其天乎？

　　凡人意思，各有所在。或在眉目，或在鼻口。虎头云："颊上加三毛，觉精采殊⑥胜。"则此人意思，盖在颧颊间也。优孟⑦学孙叔

---

　　①　陈怀立：南都（今南京市）人。北宋善画人像者。

　　②　苏轼（1037—1101）：字子瞻，号东坡居士。世称"苏东坡"。四川眉州人，北宋大文豪。在中国文化史上，苏轼在诗词、文赋、书画等诸多方面的造诣都堪称一流。

　　③　顾虎头（约348—409）：即东晋画家顾恺之。字长康，小字虎头。晋陵无锡（今江苏省无锡市）人，杰出画家，绘画理论家、诗人。顾恺之博学多才，擅诗赋、书法，尤善绘画。其人有三绝：画绝、文绝和痴绝。

　　④　天：指天生的气质。

　　⑤　阴察：暗暗地观察。

　　⑥　殊：特别。

　　⑦　优孟：春秋时楚国宫廷艺人，名孟。优伶是他的职业。

敖①，抵掌②谈笑，至使人谓死者复生。此岂能举体皆是耶？亦得其意思所在而已。使画者悟此理，则人人可以为顾、陆③。

　　吾尝见僧惟真画曾鲁公④，初不甚似。一日，往见公。归而甚喜，曰："吾得之矣。"乃于眉后加三纹，隐约可见，作仰首上视，眉扬而额蹙者。遂大似。

　　南都人陈怀立传吾神，众以为得其全者。怀立举止如诸生，萧然有意于笔墨之外者也。故以所闻者助发之。

---

　　①　孙叔敖（约前630—前593）：芈氏，名敖，字孙叔。春秋时楚国期思（今河南省淮滨县）人。楚庄王时令尹，辅佐庄王成为春秋五霸之一。
　　②　抵（zhǐ）掌：谈笑时击掌。
　　③　陆：指南朝刘宋画家陆探微。苏州人，宋明帝时的宫廷画家。与顾恺之并称"顾陆"。
　　④　曾鲁公（999—1078）：即北宋政治家、文学家曾公亮。福建人，天圣二年（1024）登进士第。仕仁宗、英宗、神宗三朝，与王安石、苏东坡等多所交往。

第十三　核工记宋起凤^①（三）

季弟获桃坠一枚。长五分许，横广四分。全核向背^②皆山，山坳插一城池，历历可数。

城巅具层楼。楼门洞敞，中有人，类^③司更卒，执桴^④鼓，若寒冻不胜者。

枕山麓一寺^⑤。老松隐蔽三章^⑥。松下凿双户，可开阖。户内一僧，侧首倾听。户虚掩，如应门，洞开，如延纳状。左右度之无不宜。松外东来一衲，负卷帙^⑦踉跄行，若为佛事夜归者。对林一小陀，似闻足音仆仆前。

核侧出浮屠七级，距滩半黍。近滩维^⑧一舟。篷窗短舷间，有

---

① 宋起凤：字来仪，号紫庭，一号觉庵。河北沧州人。为政"廉明宽大，惠政多端"，兼有文才史略，其同时名辈魏象枢誉之为："小史漫追司马笔，大文谁让子云才。"

② 向背：正反面。

③ 类：像是。

④ 桴(fú)：鼓槌。

⑤ 枕山麓一寺：意思是紧挨着山脚下有一座寺庙。

⑥ 章：大林木曰章。

⑦ 卷帙(zhì)：指书籍。

⑧ 维：系。

客凭几假寐,形若渐寤然①。舟尾一小童,拥炉嘘火,盖供客茗饮也。舣②舟处当③寺阴④。高阜⑤,钟阁踞焉。叩钟者貌爽爽自得⑥,睡足徐兴⑦乃尔。

山顶月晦半规⑧,杂疏星数点。下则波纹涨起,作潮来候⑨。

取诗"姑苏城外寒山寺,夜半钟声到客船"之句。计人凡七。僧四、客一、童一、卒一。宫室器具凡九:城一、楼一、招提一、浮屠一、舟一、阁一、炉灶一、钟鼓各一。景凡七:山、水、林木、滩石四,星、月、灯火三。而人事如传更、报晓、候门、夜归、隐几、煎茶,统为六。各殊致殊意⑩,且并其愁苦、寒惧、凝思诸态,一一肖之。

---

① 寤然:醒过来的样子。
② 舣(yǐ):停靠,停泊。
③ 当:面对着。
④ 阴:指北边。
⑤ 阜:土山。
⑥ 爽爽自得:指神清气爽的样子。
⑦ 徐兴:慢慢地起来。
⑧ 半规:半圆形。
⑨ 候:意为征兆,征象。
⑩ 殊致殊意:指特别的风致和意味。

第十四　病梅馆记龚自珍（三）

　　江宁①之龙蟠②，苏州之邓尉③，杭州之西溪④，皆产梅。或曰："梅以曲为美，直则无姿。以欹⑤为美，正则无景。以疏为美，密则无态。"固也。此文人画士，心知其意，未可明诏大号⑥，以绳⑦天下之梅也。又不可以使天下之民，斫直、删密、锄正，以夭梅、病梅为业，以求钱也。梅之欹、之疏、之曲，又非蠢蠢求钱之民，能以其智力为也。有以文人画士孤僻之隐，明告鬻梅者。斫其正，养其旁条；删其密，夭其稚枝；锄其直，遏其生气；以求重价，而江浙之梅皆病。文人画士之祸之烈至此哉！

　　予购三百盆⑧，皆病者，无一完者。既泣之三日，乃誓疗之：纵

　　① 江宁：南京的旧称。
　　② 龙蟠：南京东郊的紫金山，形似龙蟠，故也被称为龙蟠。
　　③ 邓尉：指苏州城西南三十公里处的邓尉山，因东汉开国功臣邓禹得名。以"香雪海"闻名，是中国著名的赏梅胜地。
　　④ 西溪：指杭州市西南的西溪湿地。
　　⑤ 欹（qī）：倾斜。
　　⑥ 明诏大号：明诏，公然宣称；大号，指病梅之名。
　　⑦ 绳：准绳，以之为标准。
　　⑧ 盆（pén）：盆。

之,顺之,毁其盆,悉埋于地。解其棕缚①,以五年为期,必复之全之。予本非文人画士,甘受诟厉,辟病梅之馆以贮之。乌乎! 安得使予多暇日,又多闲田,以广贮江宁、杭州、苏州之病梅,穷予生之光阴以疗梅也哉?

---

　①　棕缚：指为了让梅树有欹斜病态的造型,花匠用棕绳捆绑梅枝,让它不能自由生长。

第十五　美禁华工（四）

　　美国加利福尼省，本荒野之区也。后以发见金矿，资本家欲开采之。而白种人不乐就①，乃招华工以往。十数年后，地利大兴。向之荒凉满目者，一变而为富庶繁华。盖华工之力为最多也。不意其地既辟②，至者渐多，而彼国有禁华工之举。

　　耐劳苦、勤工作，此华人特性。取价低廉，亦固其所。美工则缘是而妒之。美政府于是设种种苛例。凡华人至美，必须领有护照。初抵其境，由关员查验之。其查验也，非随到随验，必守候关员之至。守候之处，为一木屋，内容湫隘③，甚于牢狱。当查验时，应对必慎。其或年貌、姓名，与护照稍有异同④，立即驱逐出境，不许逗留。又华工初至，言语不通。有所询问，每难洞晓。则关员任意去留之。以致重洋远涉，进退两难，饮泣吞声，无从控诉者，所在多有。此皆为杜绝未来华工计也。

　　至于前已在美者，虽不能公然下逐客之令，然亦以注册为由，派员搜查，备极骚扰。务令不得安居乐业，或他往，或返国，然后快。

---

① 就：去往。
② 辟：开发。
③ 内容湫（jiǎo）隘：空间低矮狭小的意思。
④ 异同：差异。

即已注册及假道之华工,亦用量①囚徒身体之器量之,其辱之者至矣。

嗟乎! 美之铁道、农场,其为华工所建筑、开辟者何限。徒以国力不竞,我耕人获,利益不平。今澳洲等处,亦禁华工矣。世界茫茫,殆无往而非加利福尼省也。倘不亟谋自振,华人虽欲自食其力,亦岂可得耶?

---

① 量:检测。

第十六　外交(三)

凡独立之国,无论大小强弱,其在国际上之权利义务,均立于平等地位,不以国力不齐而有异也。

自交通渐盛,国际交涉亦日繁。于是各国于内设外交部,更于外遣使互驻,以为外交机关。

驻外之外交官,为大使,或公使。其职务在代表本国,整理驻在国之交涉。故各国分遣使节,常驻北京。我国亦遣使分驻于各国首都。

其为本国商务等利益,而遣驻于各国地方者,为领事官。领事官非全国代表也,不过依一定之法令,或听指挥于驻使,以执行其职务耳。若他国领事,在我国内,有审判其本国人民讼案之权,乃因我与各国订约时,法律未备,司法制度未善所致。是当早求撤废者也。

吾国与各国缔约以来,外人以私人资格,来华经营事业,或游历考察者,后先接踵。我国人亦以经商、游学等事,多远适他国。社会之往来日密,则彼此之疑阻自除。吾人处此,在国内当交道接礼,以尽地主之谊;在国外尤当问禁问俗,详察外情,保持己国荣誉,增进己国利益。诚能内外相处,咸得其宜,则吾国与世界之平和关系,将日臻深固。可见外交之责,初不限于少数之外交官吏也。

第十七　唐且①使秦《国策》(三)

　　唐且使于秦。秦王谓唐且曰:"寡人以五百里之地易安陵②,安陵君不听寡人,何也? 且秦灭韩亡魏,而君以五十里之地存者,以君为长者,故不错意③也。今吾以十倍之地,请广④于君,而君逆寡人者,轻寡人与?"唐且对曰:"否,非若是也。安陵君受地于先王⑤而守之,虽⑥千里不敢易也,岂直⑦五百里哉?"

　　秦王怫然⑧怒,谓唐且曰:"公亦尝闻天子之怒乎?"唐且曰:"臣未尝闻也。"秦王曰:"天子之怒,伏尸百万,流血千里。"唐且曰:"大王尝闻布衣⑨之怒乎?"秦王曰:"布衣之怒,亦免冠徒跣⑩,以头抢⑪

----

　　① 　唐且(jū):也作唐雎。战国时代魏国著名策士。魏国灭亡后他出使秦国,冒死与秦王抗争,粉碎秦王吞并安陵(魏国属国)的阴谋。

　　② 　安陵:位于今河南省鄢陵县西北,楚、魏相交之地,是魏的属国。

　　③ 　错意:安排、打算。错与措通。

　　④ 　广:扩张。

　　⑤ 　先王:指已经亡国的魏国国君。

　　⑥ 　虽:即使。

　　⑦ 　直:仅仅,只有。

　　⑧ 　怫(fú)然:大光其火的样子。

　　⑨ 　布衣:无官无爵的平头百姓。

　　⑩ 　徒跣(xiǎn):赤脚。

　　⑪ 　抢:碰撞。

地耳。"唐且曰："此庸夫之怒也，非士之怒也。夫专诸①之刺王僚
也，彗星袭月②。聂政③之刺韩傀也，白虹贯日。要离④之刺庆忌
也，苍鹰击于殿上。此三子者，皆布衣之士也。怀怒未发，休祲⑤降
于天，与臣而将四矣⑥。若士必怒，伏尸二人，流血五步，天下缟
素⑦，今日是也。"挺剑而起。秦王色挠⑧，长跪而谢⑨之曰："先生
坐，何至于此，寡人喻⑩矣。夫韩灭魏亡，而安陵以五十里之地存
者，徒以⑪有先生也。"

---

① 专诸：春秋时吴国人。吴公子光(即吴王阖闾)欲杀王僚自立，伍子胥推荐其为
刺客。在公子光宴请吴王僚之时，专诸藏匕首于鱼腹之中，当场刺杀吴王僚，自己也被吴
王僚的侍卫杀死。公子光乃立为王，是为吴王阖闾。

② 彗星袭月：古人把彗星称为扫帚星，彗尾扫过月亮的天文现象，在古人看来是
重大灾难的征兆。

③ 聂政：战国时韩国人，以任侠著称。因严仲子厚待他与他的母亲，他在为母亲
送终、守孝之后，刺杀了与严仲子有仇的韩相傀。为了不株连朋友、家人，他自毁容颜然
后自杀。

④ 要离：春秋时吴国人。专诸刺伤吴王僚，阖闾夺得王位之后，吴王僚的儿子庆
忌就成了阖闾最具实力的敌人，伍子胥推荐要离去为阖闾刺杀庆忌。此时庆忌在卫，要
离断一臂、杀妻子，伪为得罪出走；及到卫国，又假意向庆忌献破吴之策，以求其信任。当
同舟渡江时，刺杀庆忌，他亦自杀。

⑤ 休祲(jìn)：休为吉兆，祲为不祥之兆。此处为偏义复词，意义偏于后者。

⑥ 与臣而将四矣：指他们三位勇士加上我，就是四位。

⑦ 缟素：丧服的颜色。

⑧ 色挠(náo)：面露胆怯。

⑨ 谢：谢罪，道歉。

⑩ 喻：晓得，懂得。

⑪ 徒以：仅仅是因为。

第十八　木兰诗(二)

　　唧唧复唧唧,木兰当户织。不闻机杼声,惟闻女叹息。问女何所思,问女何所忆。女亦无所思,女亦无所忆。昨夜见军帖①,可汗②大点兵。军书③十二卷,卷卷有爷④名。阿爷无大儿,木兰无长兄。愿为市鞍马,从此替爷征。

　　东市买骏马,西市买鞍鞯⑤,南市买辔头⑥,北市买长鞭。朝辞爷娘去,暮宿黄河边。不闻爷娘唤女声,但闻黄河流水鸣溅溅。旦辞黄河去,暮至黑水头。不闻爷娘唤女声,但闻燕山胡骑声啾啾。

　　万里赴戎机⑦,关山⑧度若飞。朔气⑨传金柝⑩,寒光照铁衣。将军百战死,壮士十年归。

---

　　①　军帖:官府文书,公文。
　　②　可汗(hán):古代柔然、突厥、回纥、匈奴等君主的称号。最早出现于 3 世纪鲜卑部落。
　　③　军书:军队的名册。
　　④　爷:指父亲。
　　⑤　鞯(jiān):垫马鞍的东西。马鞍直接放在马背上会伤马骨,要先在马背上垫一块较软的皮革制作的垫子。
　　⑥　辔(pèi)头:马笼头,驾驭牲口的嚼子和缰绳。
　　⑦　戎机:作战用兵的前线。
　　⑧　关山:泛指边关的山。
　　⑨　朔气:指北方寒冷的空气。
　　⑩　金柝(tuò):指古代军队行军中用来做饭、打更的刁斗。三足一柄,青铜所制。

归来见天子，天子坐明堂①。策勋②十二转，赏赐百千镪③。可汗问所欲，木兰不愿尚书郎④。愿借明驼⑤千里足，送儿还故乡。

爷娘闻女来，出郭⑥相扶将。阿姊闻妹来，当户理红妆。小弟闻姊来，磨刀霍霍向猪羊。开我东阁门，坐我西阁床。脱我战时袍，着我旧时裳。当窗理云鬓，对镜贴花黄⑦。出门看火伴，火伴皆惊惶，同行十二年，不知木兰是女郎。雄兔脚扑朔，雌兔眼迷离，两兔傍地⑧走，安能辨我是雄雌。

---

① 明堂：古代帝王宣明政教之场所，凡祭祀、朝会、庆赏、选士等大典礼均在此举行，是帝国命运和皇权的象征。

② 策勋：意思是记功勋于策书之上。

③ 镪：指银子、银锭。

④ 尚书郎：在皇帝左右处理政事的官员。东汉始置，当时在各地举孝廉的有才有德之士中选拔。

⑤ 明驼：是指北魏鲜卑民族文化传说中的一种神骏灵异的骆驼。

⑥ 郭：外城的城墙。

⑦ 花黄：中古时代流行的妇女化妆时的面饰。用金黄色纸剪成星月花鸟等形贴在额上，或在额上点涂黄色。

⑧ 傍地：贴着地皮。

第十九　辟浮屠^①刘基(二)

　　浮屠氏设为祸福之论,亦巧于致人^②者。人情无不爱其亲。而谓冥冥之中,欲加以罪,孰不恻然动心。故中材之人^③,波驰蚁附。若目见其死者拘于图圄,受棰楚而望救。虽有笃行守道之亲,则亦文致^④其罪,以告哀于土偶木俑之前。彼固自以为孝,而不知为大不孝。岂不哀哉!

　　浮屠又谓妇人之育子者,必有大罪,入地狱。故儿女子尤笃信其说,持斋念佛,以致恩^⑤于母。吾不知司^⑥是狱者为谁。人必有母,将舍己母而狱人之母欤,将并己母而狱之欤?狱己母,不孝。舍己母而狱人之母,不公。不孝不公,俱不可以。令^⑦二者必一居焉,将见群起而攻之矣。虽有狱,谁与治之。吾知其必无是事也。

---

① 辟浮屠:是排斥佛教的意思。
② 致人:指控制别人。
③ 中材之人:智能一般的人。
④ 文致:指舞文弄法,致人于罪。
⑤ 致恩:指儿女将自己修来的福报转送给已经去世的母亲。
⑥ 司:掌管。
⑦ 令:即使,即便。

第二十　信教(三)

　　求幸福,畏灾祸,保持现在,希冀未来,此人心所同也。于是具大智慧者,迎普通之心理,定信仰于一尊,标明宗旨,创建仪式,集合党徒,虔心崇拜,以达其希望,而宗教以兴。

　　世界宗教,派别甚多,以佛、回、耶①三教为大。而耶教又分新旧两派②。当欧洲古代,政教混合。扩大教规,只凭权力。党同伐异,视为当然。后更同教相争,此矜改革,彼号保存,口舌无功,继以武力,杀机一起,蔓延至数十百年。平心论之,甚无谓也。

　　人心不同,各如其面,岂易强而齐之。况教旨虽殊,类足化导社会。其以平等为怀,祈祷为事,又各教皆然。试阅内典③、《可兰经》④、《新旧约》⑤各书,一斑固可见也。

---

　　①　耶:指信奉耶稣的基督教。
　　②　新旧两派:16世纪宗教改革中脱离天主教派形成了新教派,与之相对的原教旨的天主教就成了基督教旧教。
　　③　内典:佛教徒对佛教典籍的称呼。
　　④　《可兰经》:即《古兰经》。伊斯兰教的圣典。
　　⑤　《新旧约》:即旧约全书和新约全书。旧约是基督教《圣经》前一部分,是用希伯来语写成的,是希伯来民族文学遗产的总集。后一部分为新约,即上帝通过耶稣与信徒重新立约。

　　吾国历史，向无宗教战争之祸。今者信教自由，更明著之法律矣。惟信教不限一宗，而爱国必归一致，是又吾民所当知也。

第二十一　俾斯麦^①上(四)

　　欧洲英桀,继拿破仑而起者,厥惟^②俾斯麦。初,罗马之亡也^③,欧洲中原之地,德、奥、法实分据之。奥、法久以强大闻,惟德介^④两大,诸邦分裂,积见侵侮^⑤,莫能自振也。

　　西历千八百六十一年,普鲁士王威廉一世^⑥立。相俾斯麦,谋统一诸邦。首务扩张军备,议院不可。俾斯麦乃演说曰:"普之于德,自有其当处之地位,昔以实力不足,故屡失之。今欲决此,惟铁与血^⑦耳。"议员犹不许。俾斯麦乃赞^⑧土解散议院,力行其政策。

---

　　① 俾斯麦(1815—1898):曾任普鲁士王国首相,先后发动丹麦战争、普奥战争和普法战争,助普鲁士王威廉一世统一了德意志南北诸邦,建立了德意志帝国,并担任德意志帝国的首任宰相。俾斯麦在外交上纵横捭阖,是19世纪下半叶欧洲政治舞台上的风云人物。他确立了德国在欧洲的霸权,被称为"铁血宰相"。

　　② 厥惟:只有。

　　③ 初,罗马之亡也:指西罗马帝国灭亡之后欧洲漫长的中世纪(476—1453)。

　　④ 介:夹在中间。

　　⑤ 积见侵侮:长时期地被侵略、欺侮。见,被也。

　　⑥ 威廉一世(1797—1888):继承普鲁士王位后,重用首相俾斯麦,改革军制,经过三次王朝战争建立了德意志帝国。

　　⑦ 铁与血:铁指武器,血指战争。

　　⑧ 赞:辅佐,佐助。

时奥方为德盟主。而法王拿破仑三世①,亦以雄才大略闻于时。俾斯麦虑法、奥之合也,则潜约②拿破仑,使于德、奥战时守中立。又与意大利结攻守同盟。奥人闻之,大修战备。威廉即位后六年,开战。奥人大败。弃其主盟之权,而许普合北德意志为联邦。

然南部诸邦,犹未服也。拿破仑忌普之强也,复结欢于奥。且构③南邦,使贰于普。普、奥战后四年,普、法复开战。法兵大败,拿破仑被俘,巴黎亦陷,割地偿款以和。南部诸邦,乃争合于北,而今德意志帝国以立。

俾斯麦

---

① 拿破仑三世(1808—1873):拿破仑一世的侄子,法兰西第二共和国总统及法兰西第二帝国皇帝。担任皇帝期间,他利用民众对拿破仑一世的迷信,依靠工商业与金融业者的支持,大力促进法国工业革命,使他得以执掌第二帝国政权达十八年之久。1870年普法战争中亲临前线,在色当战败被俘投降,随之被废黜。

② 潜约:暗中约定。

③ 构:交结。

第二十二　俾斯麦下(四)

　　俾斯麦既胜法,知法人必图报复,乃首与奥结同盟。旋又构意,使叛法而合于德、奥。所谓三国同盟也。后复与俄密约。法攻俄,德守中立;攻德,俄亦如之。于是法势益孤。

　　威廉帝德意志后,十有八年而卒。太子①立,三月而殂②。今皇威廉二世继之,不复能尽用俾斯麦之策,俾斯麦罢相去。于是俄、法协约,以千八百九十一年成立。越三年,英、法协约成。又三年,而英、俄协约,亦继之而起矣。

　　今英、俄、法之交既合,而意与德、奥之交卒离。人皆咎③威廉二世外交之失计,而非必然也。盖俄之所欲者,联巴尔干半岛诸国,以弱土耳其。昔见厄于英、法,而今见阻于德、奥。英之所惧者,德人扩张海军,求殖民地,与英争海上之权。意与法交本最亲,而德势之日张,又为欧洲诸国所同嫉。国际之离合,有不期④其然而然者也。然而俾斯麦之外交,则倜⑤乎远矣。

---

① 太子:指威廉一世的儿子腓特烈三世。
② 殂(cú):死亡。
③ 咎:指责,怪罪。
④ 不期:不希望,没有料到。
⑤ 倜(tì):高明,高超。

论曰：自罗马之亡，欧土分裂逾千年。拿破仑始有志于统一，功未竟而死。今俄人颇以再造东罗马①自许，而德人亦自负足继西罗马②。其果克有成邪？否邪？不可知矣。拿破仑死，法一蹶不振。而德帝威廉一世、俾斯麦之遗烈，盛强至今。人之云亡，邦国殄瘁③。信夫！

----

①　东罗马：又称为拜占庭帝国，以君士坦丁堡为首府。最初的疆域包括巴尔干半岛、小亚细亚、叙利亚、巴勒斯坦、埃及、美索不达米亚及外高加索的一部分。

②　西罗马：公元395年，罗马帝国皇帝狄奥多西一世死后，帝国自此分裂为东西两部分，西部统治日益薄弱。410年，罗马城被西哥特人攻陷，西罗马帝国皇帝沦为高级将领的傀儡。476年，日耳曼人首领奥多亚克废黜西罗马帝国皇帝罗慕路斯·奥古斯都，西罗马帝国灭亡。

③　殄瘁(tiǎn cuì)：凋零、枯萎之意。

第二十三　巴黎观油画记薛福成（三）

　　余游巴黎蜡人馆，见所制悉仿生人，形体态度，发肤颜色，长短丰瘠，无不毕肖。自王公卿相，以至工艺杂流，凡有名者，往往留像于馆。或立或卧，或坐或俯，或笑或哭。骤视之，无不惊为生人者。余呕叹其技之奇。

　　译者称西人绝技，尤莫逾油画。乃偕行至油画院，观普、法交战之图。其院为一大圜室，周悬巨幅，由屋顶放光入室。人在室中，极目四望，则见城堡冈峦、溪涧树林，森然布列。两军人马杂沓，驰者、伏者、奔者、追者、开枪者、燃炮者、寨大旗者、挽炮车者，络绎相属。每一巨弹堕地，则火光迸裂，烟焰迷漫。其被轰击者，则断壁危楼，或黔①其庐，或赭②其垣。而军士之折臂断足、血流殷③地、偃仰僵仆者，令人目不忍睹。仰视天，则明月斜挂，云霞掩映。俯视地，则绿草如茵，川原无际。几自疑置身战场，而忘其在一室中者。其实则壁也、画也，皆幻也。

　　余问法人好胜，何以自绘败状，令人丧气若此？译者曰："所以昭炯戒④，激众愤，图报复也。"则其意深长矣。

---

①　黔：黑。此作动词。
②　赭（zhě）：近土红色。此作动词。
③　殷：殷红。此作动词，指染红。
④　炯戒：明明白白地警戒。

第二十四　国性(三)

　　国之为国,其能根本深固,历久不敝者,必有其特具之要素,所谓国性是也。

　　国之有性,犹人之有性然。人性与有生以俱来,国性亦开国而已具。其遗传也,历千百世。其广被也,达亿兆人。其强而有力也,甚于有形之政令。故国性亡,则国随以亡。国性裂,则国随以裂。征之前代,如辽、金、元、清,一入中原,即失其故俗;印度、波兰,一经摧挫,即不克图存。皆国性未臻充足,或充足而不能保守致之也。

　　虽然,所谓国性,果何物耶?论其全体,则无往不在,不得而名。论其要端,则相得益彰,自有可指。试举其著者言之。则一曰语文,一曰教化,一曰礼俗。三者相合,而国性之梗概可睹焉。

　　我国为世界古国之一。并我而建国者,今皆澌灭以尽,惟我国岿然独存。是非国性养之久,积之厚,曷克①臻此?今者西方文物,输入吾国,势厚力雄,目眙②心骇。其③将扩张固有之国性,消纳之

---

①　曷克:岂能,怎么能。
②　眙(chì):瞪眼、惊愕之状。
③　其:指代吾国之人。

以助我进化耶？抑忍弃置本来之国性，盲从之以促我沦胥①耶？吾人当知所择矣。

---

① 沦胥：沦陷、沦丧之意。